FIGHT CLUB 2™

搏击俱乐部2

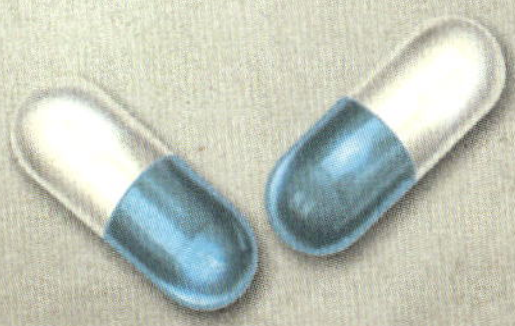

slide
M A C K

FIGHT CLUB 2™

搏击俱乐部2

[美]恰克·帕拉尼克 著　[美]卡梅隆·斯图尔特 绘　千之贺 译

新 星 出 版 社　NEW STAR PRESS

RIZE OR DIE

谨以本书献给我的研讨会作家同事们，他们在这个项目上投入了极大的热情。感谢切尔西·凯恩、莫妮卡·德雷克、艾琳·伦纳德、戴安娜·乔丹、苏齐·维特洛、玛丽·威索-哈里和莉迪亚·马克那维奇。

——恰克·帕拉尼克

这本书诞生于大快朵颐间，感谢马克·莫汉和他烹饪的美味晚餐。

特别感谢马特·席克、切尔西·凯恩、凯莉·苏·德康尼克、布莱恩·迈克尔·本迪斯、托德·道蒂和爱德华·希伯特。

DARK HORSE COMICS

黑马漫画创始人：Mike Richardson
大中华区总经理：蔡　超
高级经理：武文超
高级数字化经理：李雪静
美版编辑：Scott Allie
美版联合编辑：Shantel LaRocque
美版助理编辑：Katii O' Brien
美版美术设计：Rick DeLucco, Ethan Kimberling
美版数字艺术工程师：Christianne Goudreau

次元书馆

出版统筹：贾　骥　宋　凯
出版监制：张泰亚
策划编辑：陈雅君
美术编辑：郭雪枫
装帧设计：张　慧

引言

我并未预料到这一切会发生。

1995年前后，我在W. W. 诺顿出版社担任编辑。诺顿出版社是一家完全独立且由员工持股的纽约出版社，作为《诺顿英国文学选集》的出版商被人们熟知。那里是个相当保守的地方，但对于对薪资要求不高的编辑来说，那里也有相对自由的发挥空间。我曾读过一本题为《隐形怪物》的手稿，是一个叫作恰克·帕拉尼克的名字有些拗口的家伙写的。故事讲的是一个毁容的超级模特和几个欧洲的狐朋狗友在美国西北部疯狂的生活——他们飙车，从富人和老人的柜子里偷毒品，在当地酒吧卖一半吸一半。故事歇斯底里的表达方式让我为之疯狂，但我没太读懂，因此我没能说服那些并未被故事吸引的同事允许我向恰克提出出版邀请。

结果没过多久，这个叫恰克的家伙就来纽约拜访了，我见到了他，并且很喜欢他。他穿着法兰绒格子上衣——典型的俄勒冈州波特兰市人风格，富有某种另类的冷幽默感。后来在华盛顿州埃弗雷特市举行的一场可怕的作家会议上，我们又见面了。当时他穿了一件袖子鼓鼓囊囊的白色瓦利安特王子衬衫，像极了杰瑞·宋飞穿过的那件著名的蓬松衬衫。在那之后我们时有联系，然后有天他寄给我一部题为《搏击俱乐部》的故事，讲的是像工蜂一样辛勤的白领们会在周末去某个酒吧互殴到几乎不省人事，从而逃避消费主义或是工作上的负面情绪。到了星期一，他们带着可怕的瘀伤和松动的牙齿回到工作岗位，便没人再敢招惹他们。他们借此摆脱麻木，重获活力。故事骇人听闻且写得很棒，恰克征询我的意见，是否该把这个故事写成小说。当然应该！

过了一段时间，《搏击俱乐部》的完整手稿从他的经纪人爱德华·希伯特那里寄到了诺顿出版社。整部作品惊心动魄，无法无天，非常出色。恰克用他强大的创造性和说服力改进了故事大纲，其中甚至出现了一些巴洛克风的细节。我完全认同这本书的观点：当代年轻人缺少强大的男性榜样，毫无意义的工作让他们萎靡不振，因宜家（IKEA）及盖普（GAP）而风靡的囤积式消费方式让他们深感不适，而那一次次创后恢复则是他们重建自己精神世界的过程。很有道理，我入伙了。至于每个图书编辑都会面对的那个问题——谁会买它——说实话，我给不出回答。显然，读者需要点儿黑色幽默和坚强的神经来探索恰克在书中呈现的一切。《搏击俱乐部》与九十年代中期出版的任何读物都不一样，这就是我喜欢它的地方。

时至今日，我仍然清楚地记得我在编辑会上提出收购《搏击俱乐部》时的情景。胜算不大，其他与会者——除了一个助理，祝福她——没一个人表示出任何兴趣。事实上，我极力推销这个项目时，几乎没有得到任何回应，只有一个编辑含糊其词地对我说："你对这种东西很在行。"这话要么是恭维，要么是指控。我为这本书说尽了好话，但得到的依旧只有尴尬的沉默。我敢说，我的同事们当时一定在想："他疯了，但我要等别人来反驳他。"僵持了几秒钟，在真的有人开口反驳前，我对着善良的公司总裁脱口而出："听着，我真的认为这本书有点儿意思。只要给我6000美元，我就不会再来找你了，我保证。"他回答说："哦，让这孩子做他的书吧。"（当时我45岁。）我说了声谢谢，然后在他们反悔前冲回我的办公室。之后恰克接受了我的邀请。

（《搏击俱乐部》出版时，恰克把那份钱作为以后“潇洒说不”的底气。对于这一点，我尊重但不认同，因为那显然是我们良好合作的开端。）

我就这么成了《搏击俱乐部》的编辑，并说服恰克弱化了某些过于暴力和黑暗的情节。比如我没让警长真的在男厕所里被阉，只是用阉割来威胁他。（在电影里看到这一幕时，真庆幸我修改了这里……）在编辑本书的途中，有个我从未公开承认过的尴尬的小插曲：我没意识到泰勒·德顿只是主人公精神分裂出的形象。我以为他是一个真实的角色，因为在我看来，玛拉也直接和泰勒交谈过，而主人公以外的人怎么能把他的幻觉当真？为了避免读者可能产生同样的困惑，我说服恰克做了些必要的修改。所以玛拉总是和主人公说话，而不是泰勒。

我想说明的是，诺顿出版社只是以纯粹的热情出版了《搏击俱乐部》，没想到销售人员真的看中了这本书。这书的平装版权卖出了 25000 美元，所以我们一开始就获得了资金上的成功。听说直到今天，关于《搏击俱乐部》的优缺点，出版社的编辑们依旧众说纷纭，他们对我的评价也很谨慎——“你就是编辑了那本书的人”。这本书引发了讨论热潮，毁誉参半，但精装本的销量并不高，最多 5000 册。不过恰克借此正式出道，我也得以签下他的下一部小说——《幸存者》，这是我最爱的小说之一。我觉得，这或许可以算是我们对舆论压力的一场小胜仗。

后来《搏击俱乐部》在好莱坞奇迹般地再创辉煌。谁也没有想到，福克斯影业颇具影响力的制片人劳拉·泽斯金会决定把这本书拍成电影。吉姆·乌尔斯改编的剧本被誉为有史以来最好的由书改编成电影的剧本之一。电影界的黑暗王者大卫·芬奇，也以孤胆英雄的热情承接此片，在他的镜头下，这部电影如此震撼人心、令人仓皇，以至于福克斯把它的上映时间推迟到哥伦布大屠杀发生几个月后。这部电影的院线票房并不成功，但其 DVD 在斯派克等有线电视频道的大量播放取得了奇效，《搏击俱乐部》如今被看作一代经典，几乎是文学性的里程碑。恰克之后创作了诸多更具挑战性的小说，其无与伦比的创造力和绝妙的幽默感大放光彩。他的小说在世界各地售出了数百万册，除了《隐形怪物》由诺顿出版社那些保守的前同事重拾外，其余作品都由我编辑出版。恰克在货运公司担任装配线工人和技术撰稿人的日子已成为遥远的回忆。搏击俱乐部诠释了男人。从某时起，我不再费心寻找《搏击俱乐部》标题和经典句“第一条规则……”的双关语，因为何必呢？从结果来看，我想我确实“很擅长这类东西”，他们说对了。

而现在，在这部续集中，搏击俱乐部已经转型成为一种手段，一种仿佛为了容纳那些天才和恰克·帕拉尼克的智慧而被创造出的媒介。这是我没预料到的另一件事，但我很高兴它已来到。泰勒·德顿永在！

杰拉德·霍华德
2015.10

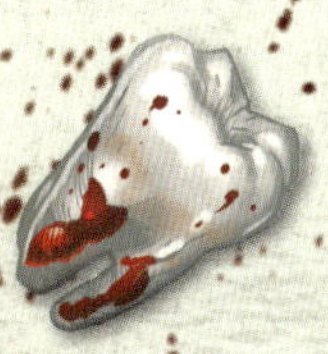

FIGHT CLUB 2™

静观其变战略

搏击俱乐部2

恰克·帕拉尼克 著

卡梅隆·斯图尔特 绘

戴夫·斯图尔特 上色

内特·皮克斯，布兰伯特漫画字体公司 LOGO设计

大卫·麦克 插画

KEEP THE HOME FIRES BURNING
家火燃烧
第1章

看看他，他现在叫自己
塞巴斯蒂安。
十年前，他曾注定成为另一个亚历山大大帝，
或是成吉思汗。但这位“塞巴斯蒂安”……
他声称自己
现在很幸福。
S & GIFTS
OPEN
他逃避着生活中的刀光剑影。
他出卖了自己的
同袍，换来的是
什么？

结婚纪念日快乐，长官。
不收您的钱，长官。
命运总有办法缠上你。
我不是那个我。
ional Church
公理会教堂
WORSHIP 礼拜
SERVICES 服务
AND 11:30
玛拉，我回来了！
提醒事项
期待明天的首次公理会教堂之行，下午 3 点。
2:58pm
Reminder
Hope For Tomorrow
First Congregational Church 3:00pm
不，警官，我只是个保姆……对，有个疯子刚从前门闯进来……

我不是
外人。
我也不是
疯子。
你回来
早了。
朱尼尔
在休息。
为什么？
床上运动的
意外产物……
什么
这么臭？
狗屎混着
木屑和麦秆，
用尿浸泡。
从中滤出
硝酸钾结晶。
自制硝石？
把硝石和木炭
混在一起，然后
就能得到——
火药。
你知道吗，
用油脂能制作
硝化甘油。
谁教你的？

SNIF
嗅
谁动了我的医用大麻？
谁知道啊，玛拉每天下午都去哪儿。
？
“她是你的妻子。”
他搜索着她搜索的他搜索过的她的搜索……一段貌合神离的婚姻的交流方式。
Show History
历史记录
Reopen Last
重启上次浏览
Colon Cancer
结肠癌
Hepatitis
肝炎
Cirrhosis
肝硬化
Sickle Cell An
镰状细胞贫血
Multiple
多发性硬化
Achondroplas
这里是“早晒症”，没错吧？
玛拉·辛格，这张急症室再熟悉不过的面孔。
是“早年衰老综合症”。
你来错地方了。

RIZE OR DIE = TRANQUILITY
非强即亡=世外桃源
早衰症是一种由于基因缺陷无法与蛋白质正确相互作用，而导致老化过程加速的……
我得了这病。
我11岁。
我下个月9岁。
哦，我症状比较轻。
看看我！我现在35岁，但我说不定50岁就死了！
我的皱纹——它们都长在体内了！

我太懂加速衰老的滋味了。今天是我结婚九周年纪念日，但我发誓自己彷佛已经熬了60年。
我受够了节食和染发。
我只想做回自己来一炮！
我也是。
这样谈论性不合适……
放松点儿，姑娘。你身体都有两百岁了。
他也不是总那么没劲……
我曾差点死于过量用药，而他用性爱唤醒了我！
他带给我的高潮让我欲仙欲死！
什么是高潮？

现在他只知道吃药。我发誓我甚至能听到药片在他胃里的动静。
他甚至要靠药才能勃起……
其实，他有点儿精神分裂的毛病。
BAR
算是狂躁妄想症。

这世上发生的所有坏事，
他都坚称是自己干的。
而在他
犯蠢的时候……
THUMP 扑通
THUMP 扑通
THUMP 扑通
THUMP 扑通

我才是真正抓狂的那个。
我以为我能治好他。
我们的儿子今年9岁了。
他喜欢乐高吗？
明年4月我就9岁了，如果我能活到那时候。
我的婚姻可撑不了那么久。
真希望我从没遇见他——
SLAM
砰

要不是
因为他的药……
我用阿司匹林
换掉了一些
他的药。
TYLER DURDEN LIVES
泰勒·德登永在
我想找回那个
我曾爱上的
疯子……
RING RING 铃铃
Incoming Call
Tracy
特蕾西
来电
还能糟到
哪儿去？

全球动乱……
打砸抢烧……
大屠杀……
接下来会怎样，德顿先生？
不会怎样……来杯水。
这儿不收您的钱，长官。
Genesis 6:11-13
我不是泰勒。我谁也不是，明白吗？
LIVE
CNN
管他什么全球动乱……
他可以和自己的小家庭躲起来。
美军死亡 34 人
NDED 45....AMERICAN SOLDIERS KILLED - 34
而那些年轻人，却如此渴望在这世上有所作为。
可惜没人能在塞巴斯蒂安的脑子里放个炸弹，炸掉那些塞了他满脑的、一无是处的“家具”。

他那廉价的、宜家量产的理论。
二手跳蚤市场里淘来的顿悟和政治立场。
还有那些闲鱼跳楼大甩卖的梦想——无法将这些付之一炬，为真理清场……
……着实令人扼腕。

精制细砂糖
Confectioners SUGAR
CLICK 咔
你能在晚饭前去院子里除除草吗？
你今天下午干什么去了？
还记得今天是什么日子吗？
结婚纪念日快乐。
我爱
把药吃了。

你小时候，人们一直告诉你别太感性。
但你长大后，他们却突然对你说——你得更感性一点儿。
BARK
汪汪
遇见玛拉·辛格后，塞巴斯蒂安才逐渐敞开了心扉。
BARK
汪汪
但在他儿子出生后，药物再次使他封闭了自己。
BARK
汪汪
BARK
BARK
汪
BARK
汪
化学实验套装
CHEMISTRY
Experiment Set
圣经
Holy Bible
塞巴斯蒂安曾发誓永远不会变成这种父亲，然而他还是违背了诺言。在药物的作用下，他变得疏离而漠然。
BARK
汪
我从哪儿能搞到硫化铵？

BARK BARK 汪
BARK 汪
汪 BARK
扑 SPLORK
BARK 汪 BARK
是科菲先生干的。
BARK 汪 BARK BARK
科菲先生常把他家的狗屎丢过来。
BARK 汪
你今天怎么提前回家了？
开饭了——
我没有提前回家。
你睡着了。
BARK 汪
但是我听到你回家了。
那是你在做梦。
特蕾西跟妈妈说你带了花……
洗手吃饭！
BARK 汪
告诉你妈妈我去找隔壁了。
还是别去了吧。
BARK 汪
汪 BARK
科菲！
BARK
BARK 汪
BARK
BARK汪
信不信随你，你老爹以前可是个打架好手。

失眠会让你觉得一切似曾相识，仿佛世界在不停重复。
BARK 汪
3:18AM
BARK 汪
泰勒……
BARK 汪
BARK 汪
泰勒……带我离开这枯燥乏味的生活吧。
BARK 汪
BARK

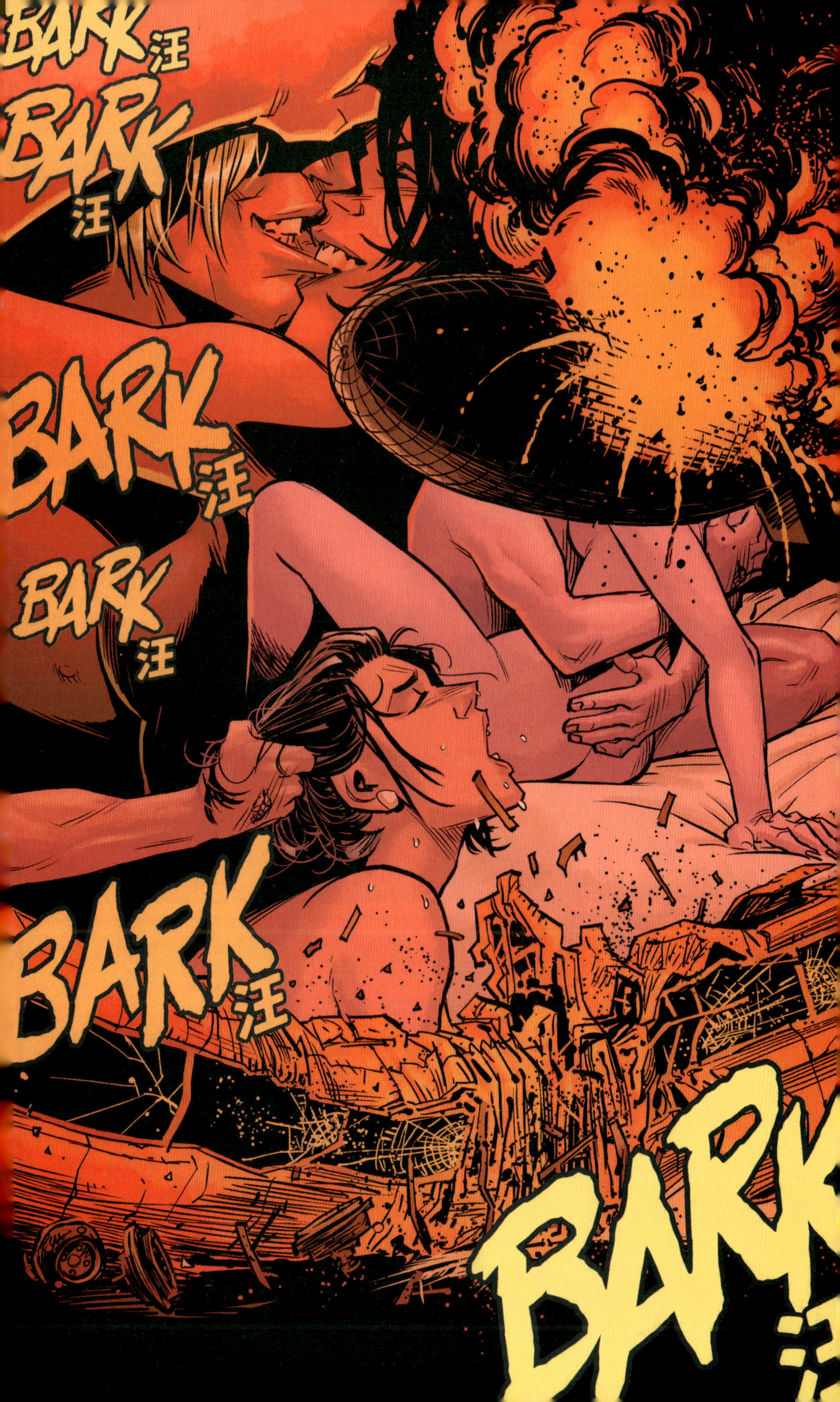
BARK 汪
BARK 汪
BARK 汪
BARK 汪
BARK 汪
BARK

BARK BARK 汪
5:00
BARK 汪 BARK
玛拉看上去十分安详，仿佛她已经死去，到了天堂。
汪 BARK
6:00AM
BZZZZT
醒醒。
目标
OBJECTIVE
RogueKnight
L4z3rbot
梁医生，今天下午有空吗？
对于塞巴斯蒂安来说，一切发生得顺理成章。然而在这背后，有什么正在蠢蠢欲动。

我妻子出轨了。
接下来
还是老规矩。
又来。
相信我。
SNAP
咔啪

哎呀，医生，咱们
可别再用这种方式
见面了！
哦，烦人！
RING铃
RING铃
我是你的
科学怪人……
我、回、来、了！
见鬼！
Call
Ended
通话结束
欢迎您，
德顿先生。
医生，眼镜
借我用用。
塞巴斯蒂安
简直是个瞎子！

照老样子，干净利落地解决这几个跟踪者。
RIZE OR DIE INTERNATIONAL
TANZANIA IN-COUNTRY REBEL UNIT #17
坦桑尼亚国内反抗小队 #17
PIRANESI SPANISH INDIGENOUS FREEDOM FIGHTER SQUAD #14
皮拉内齐西班牙本土自由护卫队 #14
非强即亡国际
RIZE OR DIE INTERNATIONAL
一个汽车炸弹应该能拓展我们在突尼斯的事业。
BOOM
轰
让我们瞧瞧，巴西挨了这一下后，还会不会削减军费。
Enter
Shift
KATHOOM
轰隆
我荣幸地宣布，肥皂买卖要赚翻了！
过去十几年间，每周三次，每次五十分钟……
我一直掌控着这个世界！

今晚的暗杀行动
继续进行吗？
小队已经
准备就绪。
长官，不再考虑
一下您儿子了吗？
医生，你给我记住，
我不是塞巴斯蒂安。
这个贱人不是
我老婆……
这小子
也不是
我孩子。
BARK
汪
BARK
汪
BARK
汪
BARK
汪
哦泰勒……
带我逃离这个
迷人的陷阱吧。
BARK
汪
求你，从我丈夫那里
拯救我……
BARK
汪
BARK
汪
3:14AM

他永远无法成为电影明星或摇滚教父。更糟的是，他已经不再年轻。那场争斗发生后，他察觉到了某些变化。
科菲！
美军研究表明，女性往往最惧怕生理的疼痛……
而男性最惧怕的，是被羞辱，失去社会地位，和被公开嘲笑。
3:15
你在这儿，那我一定是……
睡着了。
你怎么回来了？
来说再见。
像当初送你爹上路一样。

REE哔
REE哔
REE
哔
!
先找儿子！
快找儿子！
妈妈来了！
FWOOSH轰
KEESH
哗啦
BOOM轰

KSSH
咔
朱尼尔！
TSSSSSSSSSSSSSSS
滋滋滋滋滋滋
止痛药！我需要
5 300
无论他如何改名换姓，
命运已然随着他生根
发芽。

Hello
RETURN TO PROJECT MAYHEM
重启骚乱计划
第2章

火灾调查员
说是……
人为纵火。
起火原因
是……
……自制硝酸钾。
多么似曾
相识。
这里！
他们找到
了……

化学实验套装
我们的儿子。
谢谢。
红十字会把我们安置在汽车旅馆。
明天保险理赔员……
你需要重新开始吃药。
先吃点儿安眠药吧。
谁会做出这种事？
又是安眠药。

1-555-36
PX 处方单
Rx PRESCRIPTION
NAME
AGE
ADDRESS
DATE
自从服药以来，
他很久没哭
EP
906

疑似死亡可是个危险的信号。
谢拉·霍尔曼 理赔经理
SHEILA HOLMAN
SENIOR ADJUSTER
疑似死亡？
你们刚办了这么大一笔保险……
……就在几天前。
人寿保险？
我们没有。
WELLSPRING
Insurance Company LTD
WELLSPRING 保险公司
保单号：34523
Policy No.: 34523
订单号：DX
Reference No.: DX
申请日期：12.2
Date applied: 12/2
保险种类：10 年意外
Type: Risk 10 Yea
总保险额：
Amount Insured:
$5,000,000（五百万）
$5,000,000 (Five m
受益人：塞巴斯蒂安
Payable to: Sebasti
一周前的凌晨4:17，你在网上给你的孩子投了保。
怎么会？
那时我们在睡觉。
根据 FBI 的报告，这份保险不能生效。
FBI？
那么不是人为纵火了？

FBI 调查部门
DEPARTMENT of INVESTIGATION
FBI
工作挺滋润。
有猎头招你去疯人院吗？
我们知道你正在服用大量的药。
你会常常想起父亲吗？
你指哪方面——

你父亲
在哪里？
在火灾里
丧生了。
你母亲呢？
双双死于
火灾？
不是同一场
火灾。
BELOVED
MOTHER
他们的
保险理赔金
供你上了
大学？
对他们来说
这几乎算得上
安乐死了。
BELOVED
MOTHER

的确是人为纵火。
JOHN ROA
FIRE MARSHAL
约翰·罗阿 火警部门
劳尔·肯辛顿·西摩，
认识他吗？
可怜的劳尔。他的医考
成绩很优秀，这小伙子
本来前途无量。
一个大二
医学生。
哈佛班级相册
HARVARD
CLASS ALBUM
你怀疑他？
他考砸了期中
考试。
“为了提高平均绩点
埋头苦学。”
我明白，
德顿先生。
“两周前，他消失了……”
我绩点 3.2！
“烧焦的尸体
是他。”

可是
为什么？
他并不是
死于火灾。
BLAM
砰
似乎绑匪们试图
用这具尸体妨碍
我们调查。
我们的儿子
没死？
不用起来。
请进吧。

那两个 FBI
手上都有伤疤，
旧伤疤。
伤疤就是伤疤。
FBI 让我们
先按兵不动。

塞巴斯蒂安
都知道。
你觉得
“世界医学部长”
这个头衔怎么样？
“你将位于万人
之上……”
“在注入镇定剂
这项任务上，你
功不可没。”
他开始怀疑
他父母的
死因了。

他们不是
我的父母。
他们已经完成
了历史赋予的
使命。
在我的帮助下。

你打算怎么办？
滚开！
这里不欢迎你！

天堂
汽车旅馆
Paradise
MOTEL
VACANCY
有空房
我认识你爸。

我曾穿着这身蠢礼服
参加他的婚礼。
更正：每个婚礼。
我，赫伯特，
愿与你，
伊娃——
……愿与你，
纳嘉——
……愿与你，
旺达——
……愿与你，
梅玲——
……愿与你，
艾斯佩朗莎——
无意冒犯，只是我
每年都会换一批新的
继兄弟姐妹……
我爸就是你爸。

BRIIIIIIIIIIINNNG
滴 滴 滴 滴 滴
8:30AM
我需要……

我说谎了。
关于
互助小组？
我出轨了。
和科菲？
谁？
我们的邻居。
呕！
不是！
那和谁？
我停掉了你的
一些药——
泰勒？！

严格说来，我的身体不算出轨——
你是不是疯了？
至少我没有精神分裂！
你明知道他有多危险！
我知道。
我想说的是，我认识一些人。
他们熟知所有黑客技能。

他们非常渴望拯救其他孩子……
我们的孩子。
你躲起来，千万别被抓去当人质。
远离任何身上有伤或者嘴里少牙的人——明白吗?
这伤还是有点儿轻，我需要更明显的伤痕……
用力打我，使出你浑身的力气。

你疯了吧。
你不是想要刺激吗？
撺掇她可不费劲儿。我知道这事，因为塞巴斯蒂安知道。
想给婚姻来点儿刺激？打我啊！
你还想找回孩子吗？
WOK
砰
别打耳朵！

宝贝，真抱歉。
为什么我们对爱人爱意最深的时刻，总是在伤害对方后？
你抱歉是因为打了我，还是因为你是个劈腿的婊子？
要不你试试用这个打我？
HOLY BIBLE 圣经
Holy Bible
我可不要。
那用这个？
你在流血，普拉达很贵的。

这可能能给你点儿动力，我知道谁绑架了朱尼尔。
告诉我。

我真想
打烂你的头。
终于
有进步了！
我有个
主意。
站浴缸里，
不然可不好
收拾……

PAPER ST
SCOTT ALLEY

THE THREE LONGEST DAYS
最漫长的三天
第3章

这里是地狱边缘。

这条门廊则是分界线，它不属于里面，也不算外面。
你来这儿做什么，新来的？
我不在这儿。
我不存在。
你们也不存在。

这座房子
不存在。
CLAP 啪
CLAP 啪
CLAP 啪
CLAP 啪
CLAP 啪

答得好。
他说如果三天内
他没回来的话，
就意味着他会
离开更久。
明日的希望
Hope
For Tomorrow
Wednesdays 5:30-6:30
星期三
我们可以
去找他。
躲起来。
我们会
找到他的。

教科书般的约瑟夫·坎贝尔。
坎贝尔有一个理论——年轻人需要第二任父亲教他们成长。
他们需要一个超越生父的代理人，按照传统一般是牧师、教练或军官。
而那些边角料和弃儿，被流放到了最后的栖息地。
这就是街头帮派如此诱人的原因。他们让年轻人去闯荡，像远征的骑士一般不断磨练技艺，证明自己。
而那些传统的导师们忽略了这点。
男人是天生的掠夺者，早晚会逃离驯养。

宗教领袖
就是底层贱民。
体育教练则
摆脱不掉有
恋童怪癖的
污名。
而军官总是
陷入性丑闻的
泥沼。
这一代年轻人
是失去指引的一代。
请讲。
那只狗，帕拉尼克
先生？（本书作者，
恰克·帕拉尼克）

您可以向凯恩女士保证，那只狗平安无事。
那些自认为迷失的浪子们排队想进去。而塞巴斯蒂安计划着救儿子出来。
也许你儿子只是个诱饵，用来引你重返游戏？
我是睡着了吗？
更像是你的左脑和右脑在博弈。
你在想关于摩西什么的。
非常棒！
你能听到我的想法。

摩西明白他无法让
生而为奴的一代人
构建自由的新社会。
于是他带领他们
四处漂泊，直到
那一代人都死去。
你不在
这儿！
我给你儿子准备好的
一切让这里的所有人
羡慕得发狂，他们甚至
愿意用生命来换取
这个机会。
我们的
儿子。
朱尼尔有
两个爸爸。

他会在汤里尿尿，用人体脂肪做肥皂，然后成为世界之王？
你能给他什么？
可悲的文学学位？
令人麻木的公司职位？
可他还是个孩子。
亚历山大大帝曾经也是个孩子。
他会放弃世界选择我的……

如果你离开
去找厕所——
或去
喝一杯——
或是去
买玉米饼——
或是给你
心爱的小手机
找插座——
——就别再
回来！
BUMP
呃！
小心点儿。

我的作业……
免费
FREE
“进行致命注射。”
免费
FREE
可别……
……扎到自己。
剔除弱者。
免费
FREE

直接去医学院，
那里都是专家。
你只剩几小时了。
1 小时
48 分
17 秒。
结束了多年的
校园生活……
无处可去。
他们再也
无师可从。
是时候去买个
沙发了。
FREE
啊

或是创建个
邪教。

如果你有办法
杀掉总统，就去杀总统。
如果你没法儿杀总统，
就杀个参议员。
去杀个市长，
杀个郡长或者
市议员……
“除掉领袖！”
“除掉领袖！”
“除掉领袖！”

我爸很有钱，
但我想要比钱更有
价值的东西。
我上了二十多年学，
现在想学会认识自己。
我想为自己创造些
内在的财富。这样没人
能偷走，也没政府
能征收。
这里是一个搏击
治疗中心，一整
支新兵团驻扎在
此地。
骚乱计划已经
如火燎原。

你还好吗？
你救他的话，
他会鄙视你。
我想帮忙。
他可不是
来这儿找妈妈的。
我可能
随时会丧命。
看看你吧。
有太多办法能
让自己好受点儿。
振作起来，
新世界会很棒。
什么新世界？

你在看什么，
先生？
圣经
Holy
Bible
Holy
Bible
你从哪儿
找到这个的？
Holy
Bible
你还太小。
爸爸……

等你
18岁再说。
Shem, Ham, and Japheth.
11 The earth also was corrupt before God, and the earth was filled with violence.
11　世界在神面前败坏，
地上满了强暴。
12 And God looked upon the earth, and, behold, it was corrupt; for all flesh had corrupted his way upon the earth.
12　神观看世界，见是败坏了。
凡有血气的人，在地上都败坏了行为
13 And God said unto Noah, The end of all flesh is come before me; for the earth is filled with violence through them; and, behold, I will destroy them with the earth.
13　神就对挪亚说，凡有血气的人，
他的尽头已经来到我面前。因为地上满了
他们的强暴，我要把他们和地一并毁灭。
BANG
梆

带上你的破烂！
你们继续等着。明白吗？
我试过那个据说会致命的注射，也用了药物大麻。但它们都没法儿让我忘记自己还活着，并且正在变老的事实……
三角肌就像你全身的颧骨！
小伙子们提出了些建议。
你是做什么的？
他的工作。

冲啊！
我为
“非强即亡”
工作。
听起来
像个互助
小组。
的确是。
长官。
长官。
长官。
泰勒老爹
回家了！

干得好，小伙子们。台词呈现得很完美。
老爹要在 24 小时内去到瓦尔哈拉殿堂再回来。
朱尼尔那边情况怎么样？
SNAP 啪
立刻接通活人祭献 3484 号！
伙计！
干吗？
小子！
的确！
兄弟！
恶心！
小气！
闭嘴！
RIIING 铃铃

长官！
德顿先生！
我们当初送你进医学院的条件是你能取得某些成就。
我、我的绩点是3.3！
提到3.5。
长官，这学期的课程——
要我提醒你，当初这样安排是你要求的吗？
无意冒犯，长官，但是劳尔·西摩的绩点可没我高。
“西摩先生已经被解约了。”
以班级前5%的成绩毕业——不然我的代理也将和你解约。

“长官，您的飞机
已经准备就绪。”
废了他。
再补个新人。
给我找
活人祭献
7721 号……

第4章

FIGHT CLUBS: AN UNSENTIMENTAL JOURNEY

搏击俱乐部，残酷的旅途

不，塞巴斯蒂安的
工作从来都不是
问题。

“非强即亡国际”
是全球最大的私人
雇佣军。
目标
WarriorRogue_456
AnnihilatorSteve

Paradise
天堂
MOTEL
汽车旅馆
VACANCY
有空房
“非强即亡”在诸多层次维持着世界和平。
KNOCK咚 KNOCK咚
你回来了！孩子呢？
我好想你。
但……朱尼尔呢？
等等。

不！
你想要的。
BAMM
梆
你——
该死。
哐
CLACK
我太想你了，
情有可原吧。

Bite Club 品尝大会
TODAY 今日
今天的第三道菜，是炖鹿脊肉……
毫无线索。
FREE 免费
畅饮俱乐部的第一条规定是……

NOK咚NOK咚
CASTING IN SESSION
出席会议
女士们是来加入俱乐部的？
是吧。
狂爱俱乐部的第一条规定是不能戴套……
FREE
免费
电影俱乐部的第一条规定是不许讨论玫瑰花蕾。
有趣的是，现实中这些真实的俱乐部起名时，都受到了搏击俱乐部的启发。

FREE
免费
WRITE KLUB IN SESHUN
NO SOLICITORS
WRITE KLUB IN SESHUN
写作俱乐部
会议中
BARK 汪
BARK 汪
BARK 汪
BARK 汪
BARK

BARK
汪
BARK
汪
BARK
汪
BARK
汪
我们看到玛拉走进来……
BARK
汪
玛拉问：“你们是上帝吗？”
我儿子在哪儿？
这就有点儿超现实了。
BARK
汪
给。
BARK
汪
如果剧情太拖沓再打给我。
BARK
汪

这是你那个
小姑娘？
好了，恰克先生，
快把他们给我写出去。
BARK 汪
BARK 汪
BARK 汪
RING 铃
RING 铃铃
休息一下吧。
FREE
免费
RING
铃铃
Robert
Paulson
calling...
罗伯特·保尔森来电
（注：罗伯特·保尔森
是第一部中的角色，
头部中枪而死。）
别忘了我是个
小老太太。
不要！

WHUMP唰
这儿是
缝纫俱乐部?

嗨，玛拉？
你见过
朱尼尔吗？
你的指甲
断了。
这个小可爱
是谁？

咕咕嘎嘎。
收到
出发指令！
去索马里
首都摩加迪沙的
胡图独立派！
姐妹，
你能挥得动
弯刀吗？
到时候
就知道了。
咱们想个
新计划吧。
当你一无所有时，
三天真的很漫长。

你们三个！
通过。
把药丢了，
伙计们！
头皮屑，
老哥。
盐？

魔杖基金会
帮你实现最后的愿望
Magic Wand
魔杖
基金会
FOUNDATION
这是我的
遗愿清单。
dakar
republic
OF
Congo
达喀尔
刚果民主
共和国

刚果吗宝贝？
小甜心，
那里有大坏蛋
乱打枪哦。
去乐高乐园
好不好？
乐高乐园可没有什么
血腥的暴动。
我的孩子快死了！
满足她的愿望！
那迪士尼乐园怎么样？
那儿也没有打打杀杀
之类的事情。
facial recognition software
面部识别软件
MONSTER HIGH DOLL?
“精灵高中”玩偶？（注：精灵高中是一部动画片。）
我的遗愿是被
送往每一个
杀戮之地。
你们
干不干吧？

你！进来！
已经
三天了。
你的机关枪
明天就到。
FOUNDATIO
下面是
任务分配……
水果蜜饯
还是索马里？
我选
罪恶之源。
卢旺达？
直击要害。

马歇尔——
给你的
指令！
Marshall
马歇尔
当 ISIS 的
人肉炸弹！
你可
真走运！
完爆
肥皂人物。
安哥拉——
你确定？
别忘了
给我把 AK-47。
去不去
搏击俱乐部？
今晚？

公鸡酒吧
The Rooster
啤酒
鸡尾酒
营业
BEER
COCKTAILS
OPEN
酒吧
BAR
免费
FREE
这头奔狼以为自己
可以重操旧业。
需要身份证
WE CHECK I.D.
搏击俱乐部的
第一条规定——
一切照旧。
除了奔狼。
他估量着周围人的实力，
挑选势均力敌的对手。
打一场？
找个
和你差不多
老的吧。
比如
亚伯拉罕·林肯。
选好了吗？
咱俩
来一场。
还在找。
你跟我？

HA HAAH HAA!
哈哈哈哈！
抱歉了，大爷。
HA HAA!
哈哈哈！
先生，我不是嘲笑你。可这就像跟我家的跛脚老头干架一样。
儿子们不是都想和自己老爹来一架吗？
回家吧，先生。
BUZZ
嗡嗡
BUZZ
嗡嗡
Calling...
呼叫……
MARLA
玛拉
塞巴斯蒂安？
BOOM
砰
CHOOM
轰
我在摩加迪沙！博科圣地的武装分子正在向我们攻击！
BLAM BLAM
噼啪
BLAM
BLAM
噼啪

这就是你找的安全去处?
你找你的吧。
THOOM 轰
BOOM 砰
BLAM 噼啪
FWOOSH 呼
想我吗?
BLAM 噼啪
BLAM 噼啪
BAM 砰
无人机突袭更密集了!
BUDDA 哒哒哒
BUDDA 哒哒哒
BLAM 噼啪
THOOM 轰
BLAM 噼啪
BAM 嘣
3G
Signal Lost
Call Ended
Duration 2:35
无信号
结束通话
时长 2:35
我和他打。
十年了……

深红色的结痂遍布他的身躯，
勉强附在流脓的伤口上。
如果塞巴斯蒂安在过去的十年里每周坚持去搏击俱乐部，他如今也会是这副样子。
还债吧！

SPLAT
啪擦
呃啊！
RIP
撕
KER-SLAP
咔

SLAMP
哐
老头儿，
快认输吧！
要通知
家属吗？
如果他能打败这个老对手，
就能争得一席之地。
离找到儿子
更近一步。

RRAAAG!!
嗷——!
我眼花了吗?
那老头儿要
赢了。
BAM
梆

HIMPFT 吭哧
PWHA
KLOBB
咔嚓
SPLAK
CLUMP
哐
THWAK 嗵
CRAK

APPROVED
BY THE
COMICS
CODE
通过
漫画法典
管理局
批准

第5章 秘密武器是血！

THEIR WEAPON WAS BLOOD

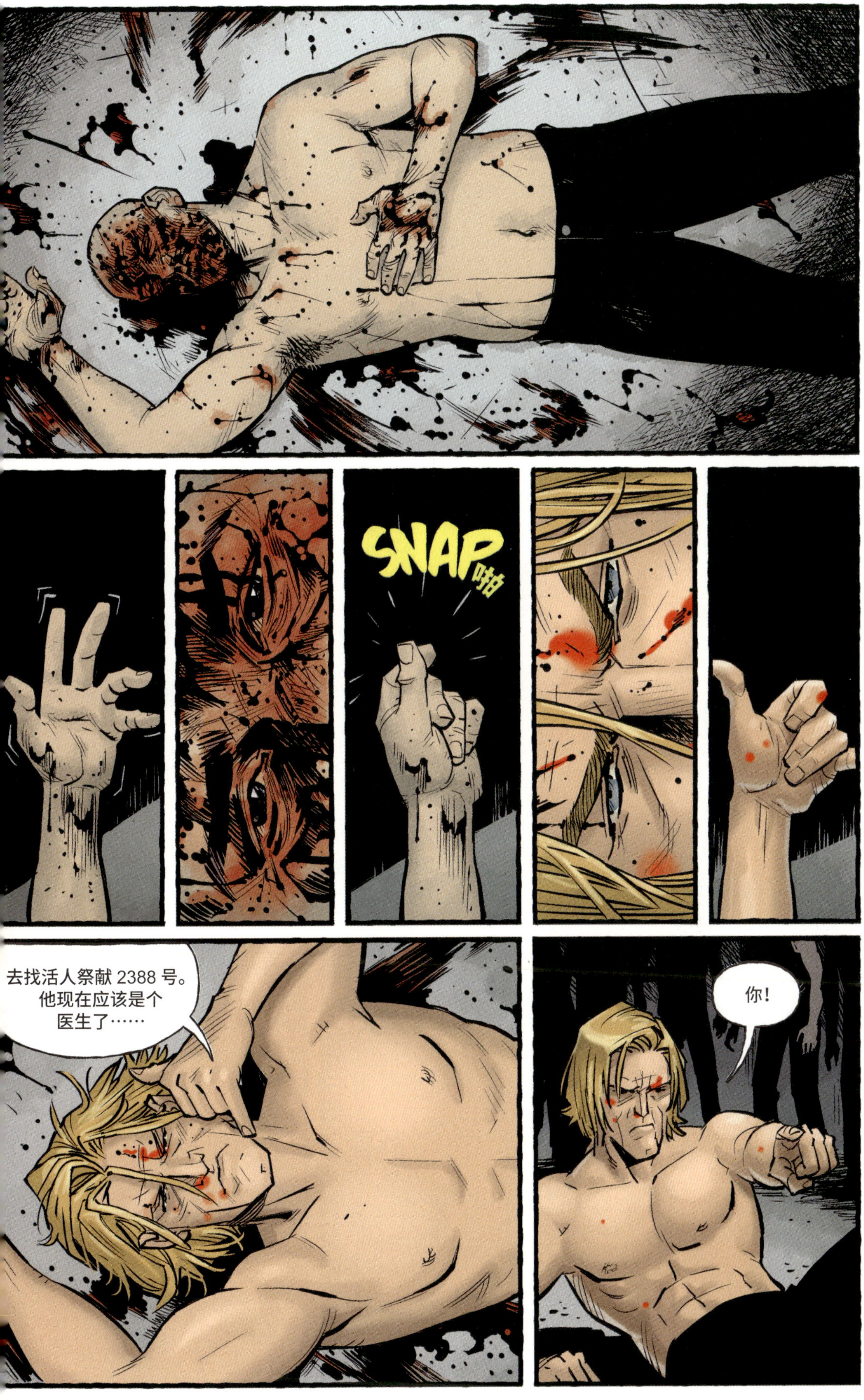
SNAP
啪
去找活人祭献 2388 号。他现在应该是个医生了……
你!

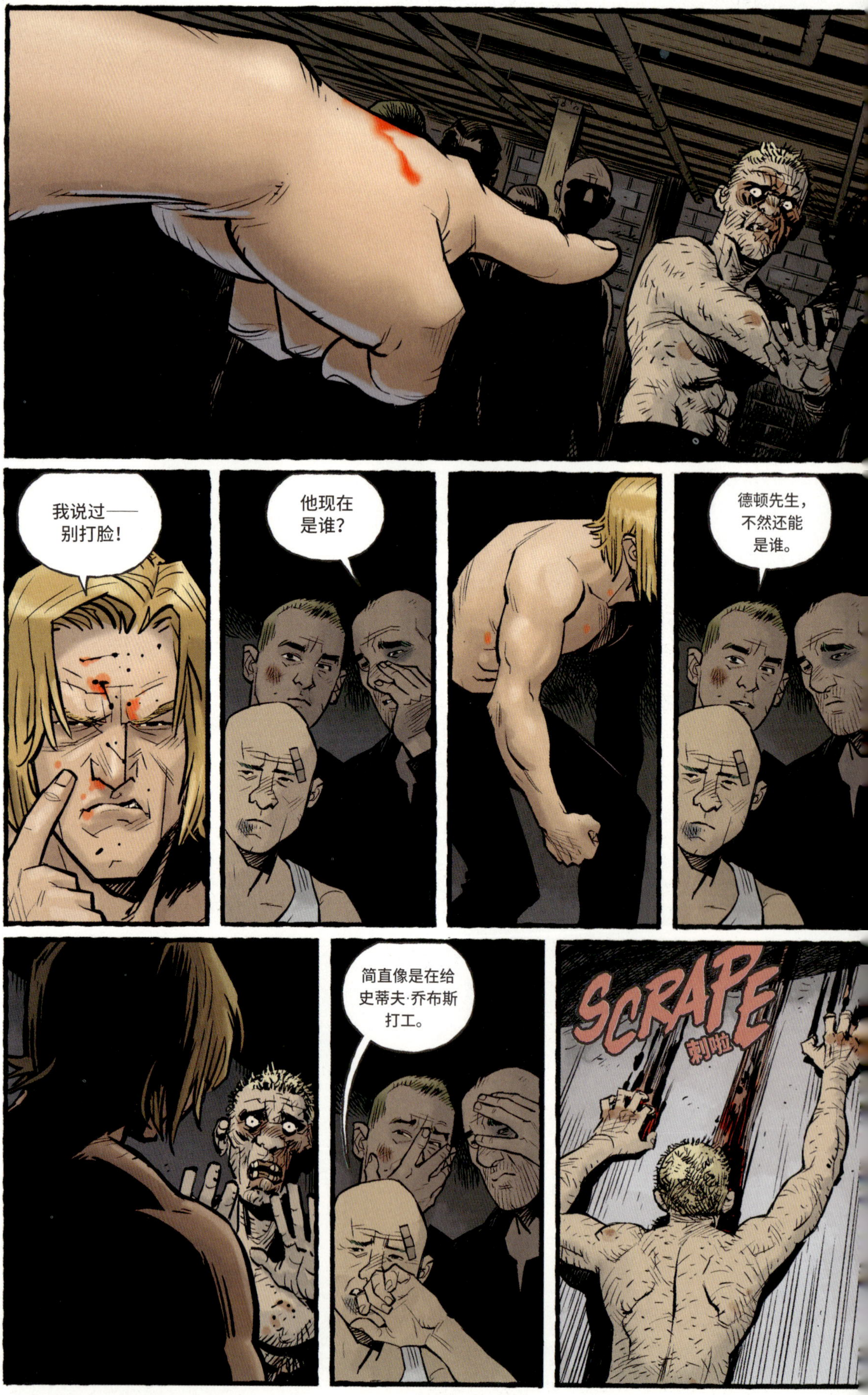
我说过——
别打脸！
他现在
是谁？
德顿先生，
不然还能
是谁。
简直像是在给
史蒂夫·乔布斯
打工。
SCRAPE
刺啦

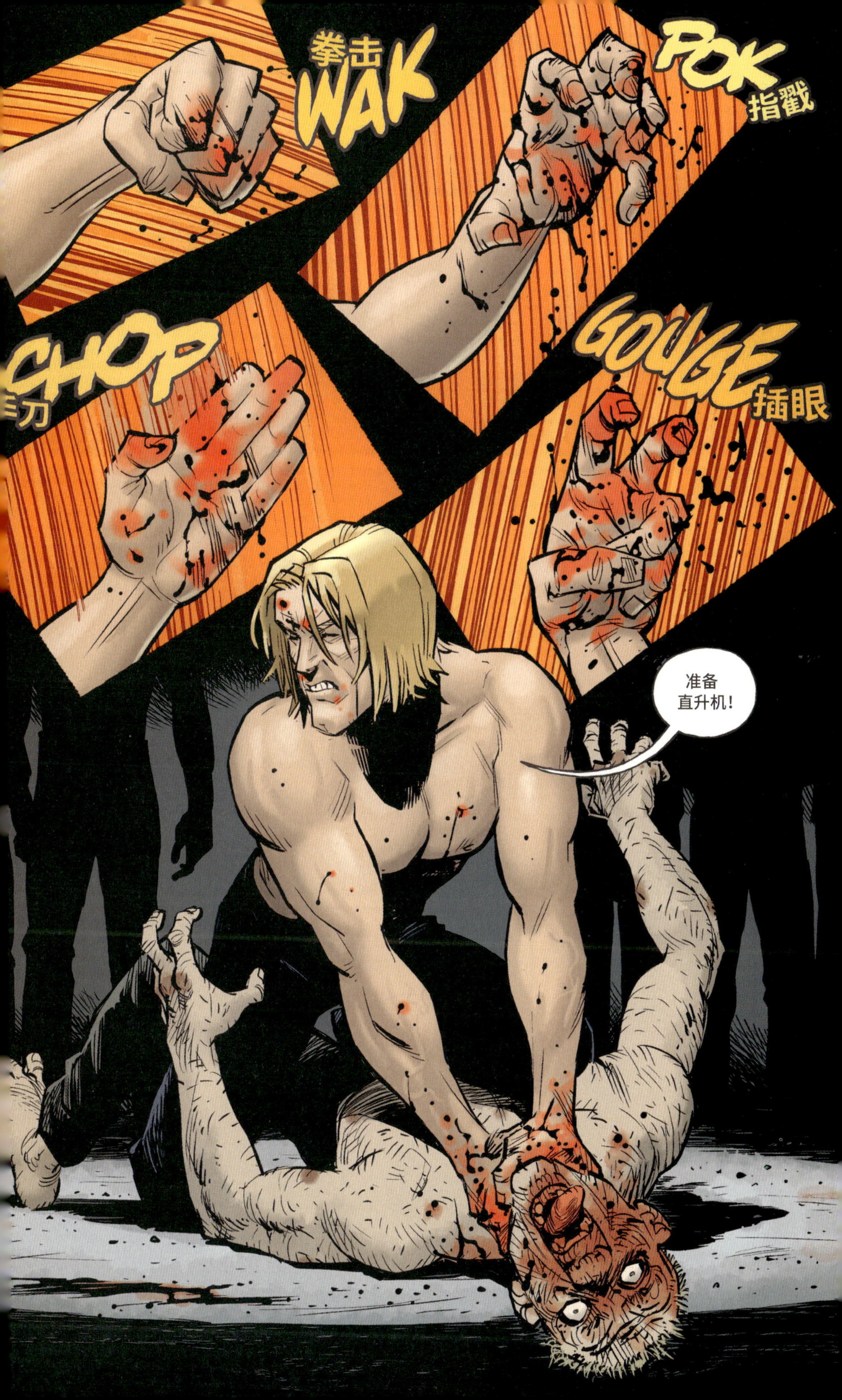

拳击
WAK
POK
指戳
CHOP
GOUGE
插眼
准备
直升机！

我可不关心什么节能减排。
BOOM
嘣
BLAM
噼啪
BLAM
噼啪
RATATATA
嗒嗒嗒
你在发抖。
KAFF GASP KAFF
咳咳
只是上年纪了，亲爱的。
真想把我的寿命分你一些。
趁我们还没死，我得向你坦白。
RATATATATAT
嗒嗒嗒

怎么了宝贝？你偷了糖果吗？
BLAM BLAM
噼啪
我不是11岁。
更小吗？
我和你一样！
什么？
衰老不堪！
BOOM
嘣
我有什么可失去的？
你有多大？
我没能力付出爱！
到底几岁？！
BOOOOM
嘣
没人在乎一个快死的成年人。而快死的孩子……
你到底多大了？
很久以前，我去过癌症互助小组——
CHOOM
轰
——我没得癌症，只是那里让我感觉很好。

你在胡扯吧?
我骗来的爱越多……我就越恨自己。
我需要抽支烟。
继续任务，特蕾西。
互助小组带给我无以回报的爱。
BOOM 嘣
BOOM 嘣
BOOM 嘣
吸二手烟会要人命的。
还有其他目标。
CRICK 嗒
别哭了。
是催泪瓦斯。
看到什么了?

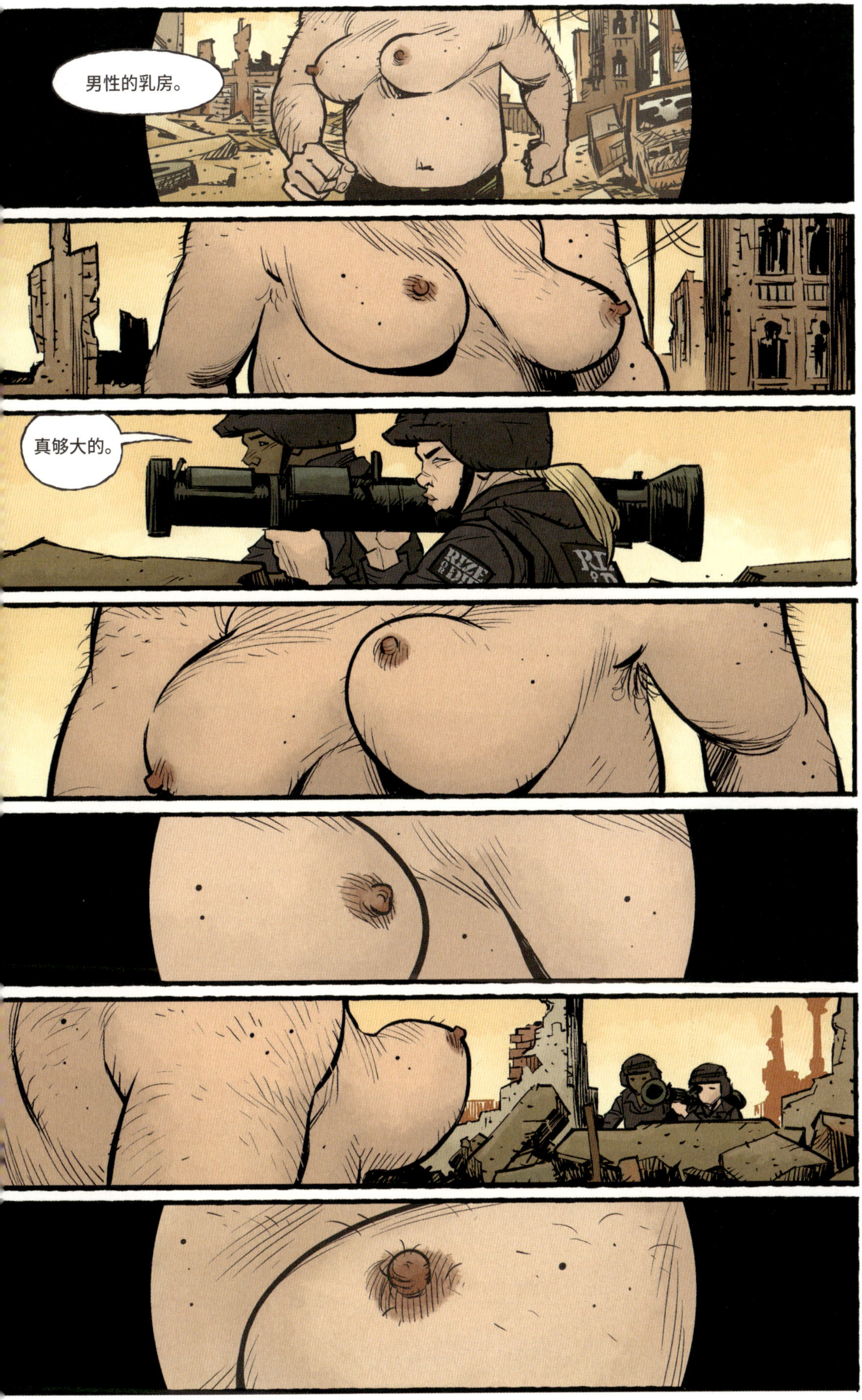
男性的乳房。
真够大的。

开炮！快开炮！
KAH
咔
PLOW

这些珍宝代表着诸多大胆的想法。
这些珍宝都是人类汗水的伟大结晶。

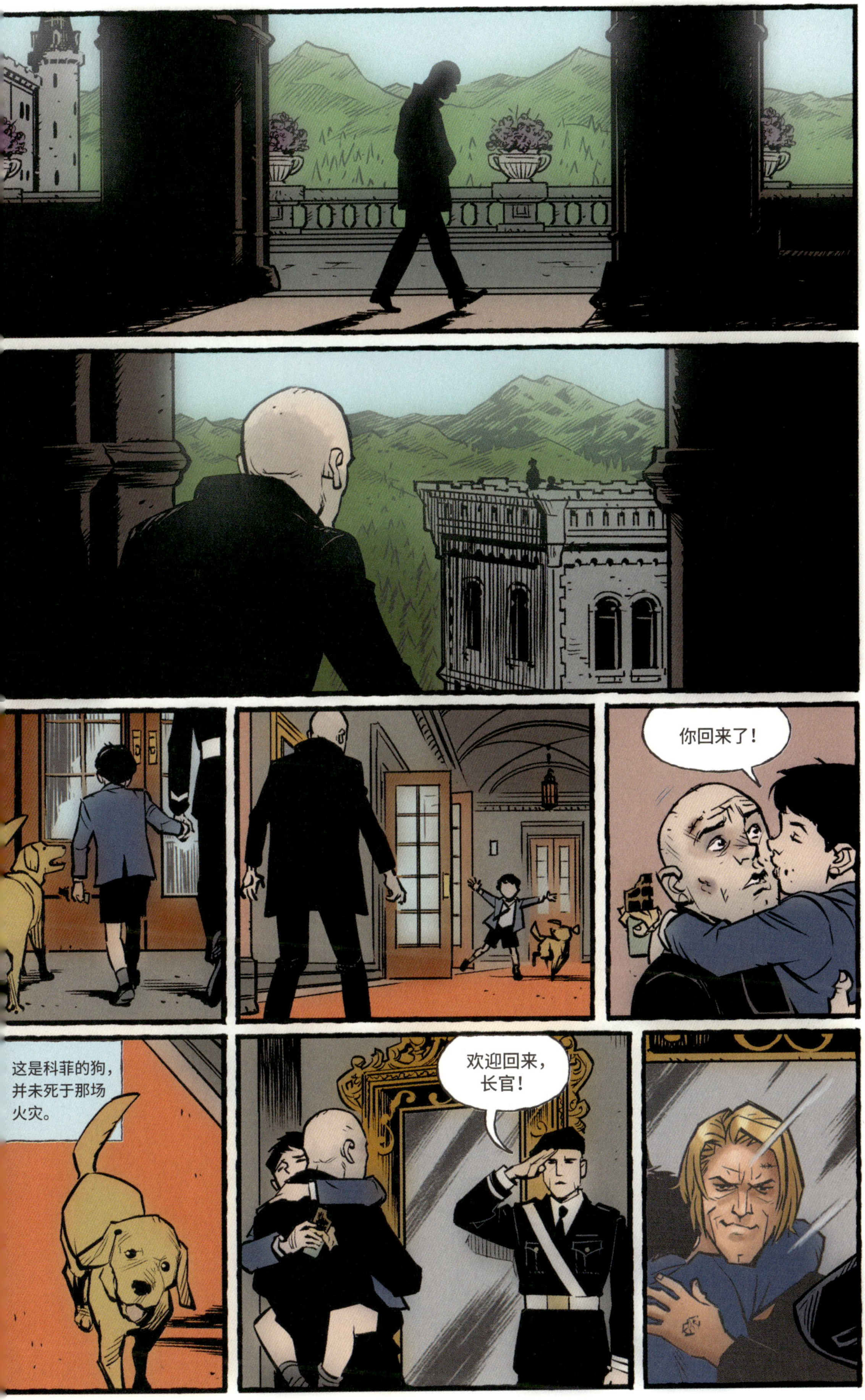
你回来了！
这是科菲的狗，并未死于那场火灾。
欢迎回来，长官！

1 2 abc 3 def 4 ghi 5 jkl 8 tuv 9 wxyz
3G
Calling...
呼叫…
您拨打的号码
已停机。
Redial
重拨
……已停机。
这是什么？

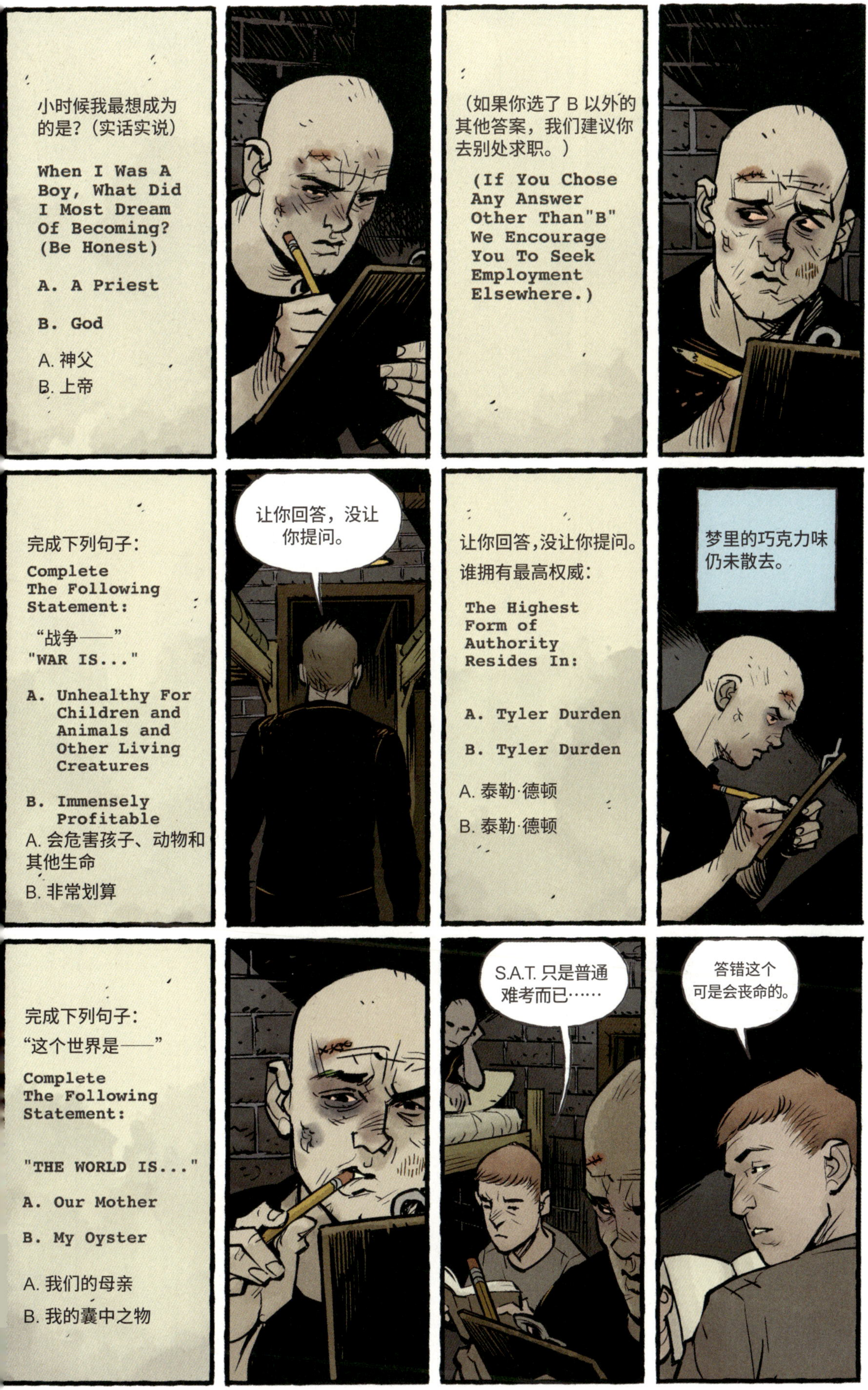

小时候我最想成为的是？（实话实说）
When I Was A Boy, What Did I Most Dream Of Becoming? (Be Honest)
A. A Priest
B. God
A. 神父
B. 上帝
（如果你选了 B 以外的其他答案，我们建议你去别处求职。）
(If You Chose Any Answer Other Than "B" We Encourage You To Seek Employment Elsewhere.)
完成下列句子：
Complete The Following Statement:
“战争——”
"WAR IS..."
A. Unhealthy For Children and Animals and Other Living Creatures
B. Immensely Profitable
A. 会危害孩子、动物和其他生命
B. 非常划算
让你回答，没让你提问。
让你回答，没让你提问。
谁拥有最高权威：
The Highest Form of Authority Resides In:
A. Tyler Durden
B. Tyler Durden
A. 泰勒·德顿
B. 泰勒·德顿
梦里的巧克力味仍未散去。
完成下列句子：
“这个世界是——”
Complete The Following Statement:
"THE WORLD IS..."
A. Our Mother
B. My Oyster
A. 我们的母亲
B. 我的囊中之物
S.A.T. 只是普通难考而已……
答错这个可是会丧命的。

他们会
毙了我？
不会，但也跟死了
没两样。
肿得挺厉害啊，
兄弟。
这不是瘀青。

那不是梦。
那是巧克力。
我儿子亲的。
我儿子从没主动亲过我。
我的妻子渴望我……
我的儿子亲近我……
但只在我不是我自己的时候……

可怜的
塞巴斯蒂安。
唉……
是时候
送他上路了。
别想
耍花招。
交作业。

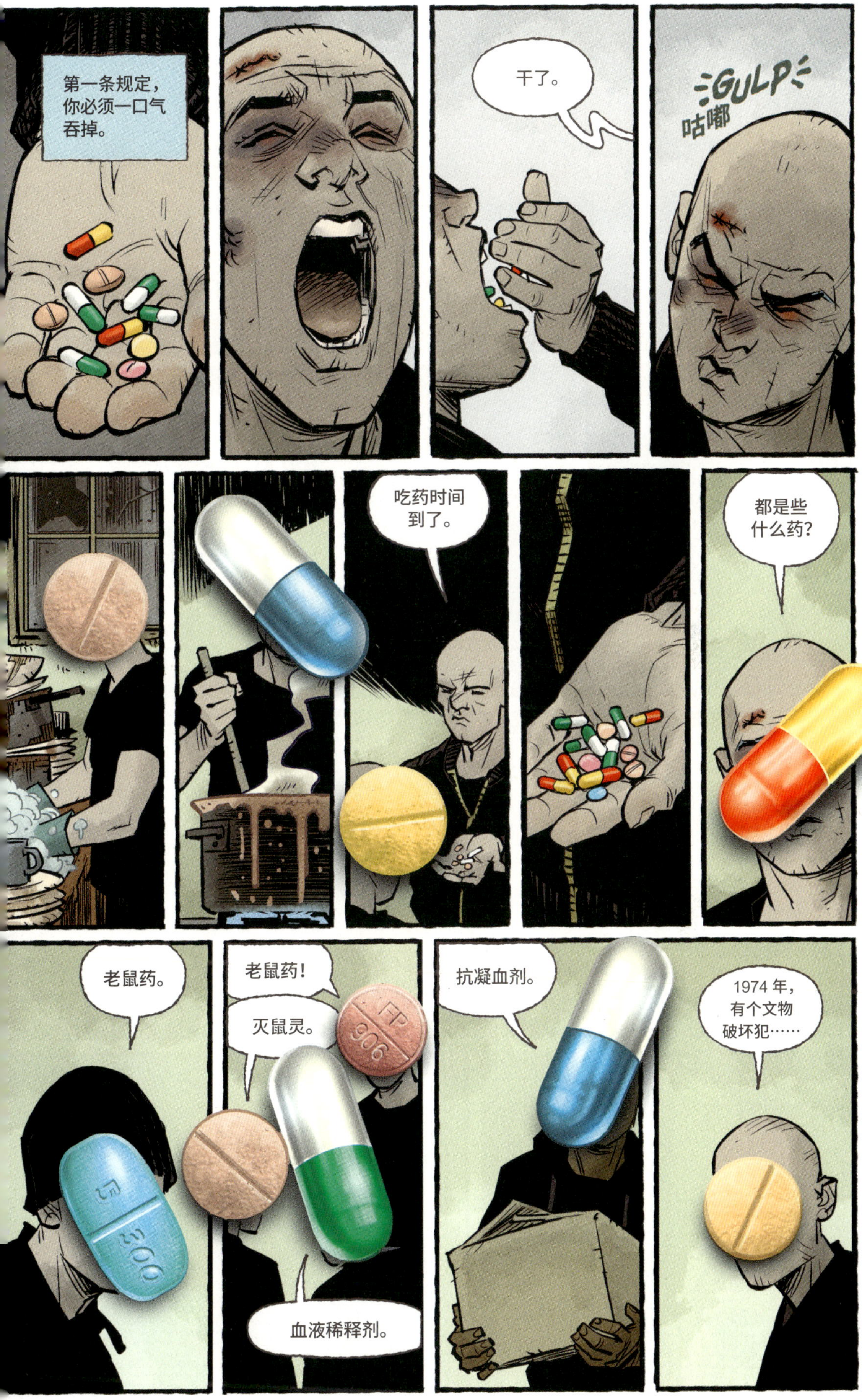
第一条规定，
你必须一口气
吞掉。
干了。
GULP
咕嘟
吃药时间
到了。
都是些
什么药？
老鼠药。
老鼠药！
灭鼠灵。
血液稀释剂。
抗凝血剂。
1974 年，
有个文物
破坏犯……

KILL LIES ALL
消灭谎言
1914 年……
1911 年，毁了伦勃朗的
名作《夜巡》……
1975 年……
“别忘了还有
1990 年……”
连蒙娜丽莎
也没能幸免……
1954 年。
还是 1954 年。
糟糕的一年。
1974 年。
World's Best Dad
2009 年。
有趣的事实：
你没看错，
一根假阳具。

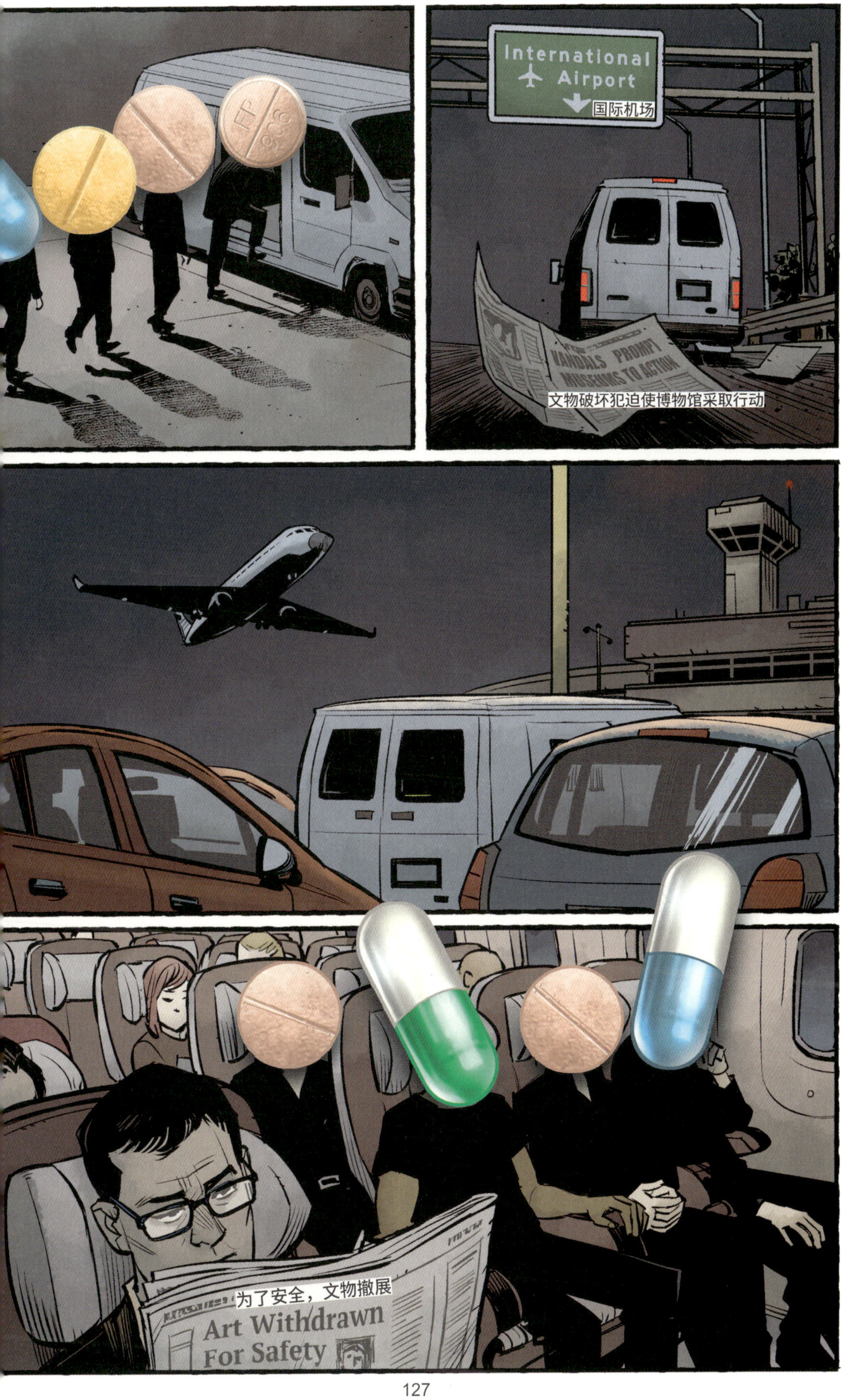
International Airport
国际机场
VANDALS PROMPT MUSEUMS TO ACTION
文物破坏犯迫使博物馆采取行动
为了安全，文物撤展
Art Withdrawn For Safety

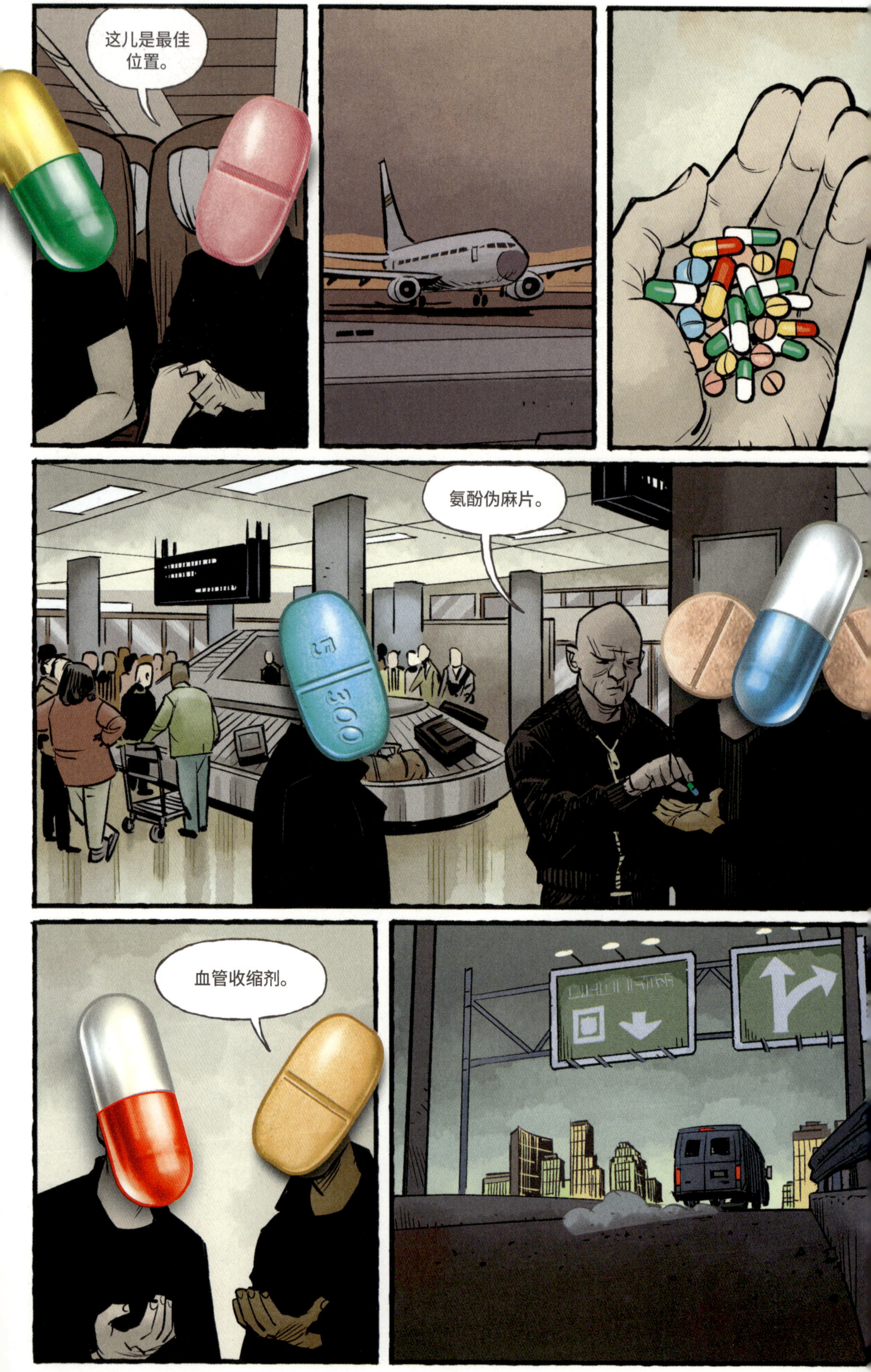
这儿是最佳
位置。
氨酚伪麻片。
血管收缩剂。

每人一个刀片。
我可不是要用它毁坏画作。
先生们，割开你们的肘正中静脉。
冲刷行动。
“把你们的胳膊当成泵式喷枪。”
捏这个能喷更远。

BONK
乓
先是针，
又来这个。
反正选哪个
都是死。

分头行动。
等我的信号。
什么信号？
PULL DOWN
下 拉

喷射血液有个
小技巧……
你可以上下滑动
手指，防止血液
凝结。
走开。

REEEEE
哔哔哔

一颗炸弹即将轰掉塞巴斯蒂安
脑子里的所有废物家具……
他死了。

成为泰勒·德顿 第6章

BECOMING TYLER DURDEN

分镜 1.
2.
3.
4.
5.
SMASH
咣
这么说，
他没死？

凝血维生素——
维生素 K。
但是泰勒。
我听命于比德顿先生层级更高的人。
你的婚姻不是最不幸的。
美利坚合众国
STATES OF AMERICA
你知道什么是好莱坞式爆炸吗？
THIS SIDE OUT
该面朝外

美利坚合众国
UNITED STATES OF AMERICA
1943 年，一个无法
离婚的天主教徒
选择了……
“殉难。”
注：暗指被刺杀的
美国总统肯尼迪。
她只能匆匆拾
捡那摊碎肉。

“没人知道，那其实只是粘在猴皮上的通心粉碎块。”
不是所有爆头都会要人命。
有些爆头……
“只是一个幌子，虚有其表。”
可为什么？
为了使他的计划畅通无阻。
一个伟大的社会……向贫困宣战……
“让民众认为上一辈是前进的阻碍，是他们的绊脚石……”
净是些狗屁阴谋论……

让我们结束这场闹剧吧。
200 份安定剂应该能搞定。
你打算谋杀？
你签了合同，白纸黑字。
无意冒犯，德顿先生……
TICK
您的45 分钟到了。
TOCK 嗒
SNAP 啪
发生了什么？

你不会喜欢
真相的。
TICK 滴
TOCK 嗒
TICK 滴
TOCK 嗒
TICK 滴
TOCK 嗒
撕那个
没用，但也许
这东西能派上
用场。
我秘密录下了
我们每次会面的
情景。

去摧毁几个佛像，
马上！
学学他的动作，
他的语气。
SMASH
哐
这是你几年前
录的！
几分钟前。
我做
不到。
成为泰勒，
几小时内
你就能见到
你儿子。
RING
RING
铃铃
我是
梁医生。
是找德顿先生的。
他叫
温斯洛普·基根。
喂？
说“大老爹
在这儿”！
相信我。

怎么了？
真希望我从没
遇见他。
是我老婆。
这个贱人
不是我
老婆！
这小子也
不是我孩子！
她死了。

他看起来很眼熟，
我记得他叫……奔狼？
他用过
这名字。

我认识的奔狼得了癌症，他应该已经死了。
RED OR DEAD INTERNATIONAL
非强即亡国际
“非强即亡”听起来像个互助小组。
我试过勾引他。
你是不是还准备了助兴玩具和成人电影？
你怎么——
你叫什么？
梅朵？海泽尔？谎话说了太久，我已经记不清了。
想起来了！

Chloe
克洛伊
你没死！
对，后来我开始和镰状细胞贫血互助小组的一个男人约会。黑人简直太赞了！
你还好吗？
我得了真正的恶性肿瘤。不过装了这么久将死之人，真正的死亡反而是一种解脱。
有了！咱们来庆祝一下！
魔杖基金会
Magic Wand
FOUNDATION
Conta
联络
我需要你空投一份烤奶酪三明治到GPS 定位……
饿了吗？
我要一杯椰林飘香。
（一种鸡尾酒）
还需要一架飞机，加满油，在达喀尔待命。
还要很多椰林飘香！

他还是这么
帅吗？
挺起胸来！
记得，你现在
大权在握！
我是个鳏夫！
你是翻越
阿尔卑斯山的
汉尼拔！
问他飞机
备好了没。
5334
我还有飞机？

非强即亡
RIZE OR DIE
DING叮
我们会保护好你儿子的。
直到我睡着。
BUZZ嗡嗡
卖给人们一些一次性的玩意儿养家糊口，譬如肥皂或炸弹什么的，很完美。
嗡嗡BUZZ
但是找个高尚的名头屠杀？这种行为只有希特勒才能理解。
BUZZ嗡嗡

玛拉？
你这个蠢货。
谁——
这个精神病医生骗了你十年，现在你要相信他？
是谁？
那是你病态的潜意识。
咱们的医生要带你去屠杀。
立刻挂断电话。
他要宰了你儿子。
泰勒·德顿计划杀了你。
为什么？
和杀你父母的理由一样。

是你杀了我爸妈？
他野心勃勃！不然怎么会伙同我做所有这些事？
这十年来，我一直在研究你的病，试图治好你。
泰勒知道杀我就是自杀。
你的神经错乱是先天性的。
遗传？
直到你父母过世，症状才完全显现。
我爸就是你爸。

泰勒是不会死的，他已经逐渐将自己融进你儿子的人生。
不然你以为你儿子是怎么制作出燃烧弹炸平你家的？
听我说！
也就是说，泰勒像是种传染病？
泰勒是传染源，他那套理论像迷信或偏见那样肆意传播。他会成为你观察世界的眼镜。
尽是些神神叨叨的鬼扯。
你座位下面用胶带粘着……
你知道她死了吗？
一架无人机找到了……

美国公民
泰勒能超越时间，侵入思想，掌控一代又一代人。
没种大夫觉得我是个扯犊子的洗脑病毒？
你丝毫不在意吗？
开枪！
结束通话
试图射杀我可不是什么明智的主意。
没有我的指引，你只会成为一个胡言乱语的疯子，你们俩都是。

我和他，是为
自己的生存而战的
两个思想。
“除非你能打
败他……”
“否则，那些不敬他如神的人，
都会被泰勒除掉。”
答应塞巴斯蒂安之前，
我拒绝过好多男人。
聪明的，
有钱的。
为什么选了他？

我不知道。
只要我还是那个朋友很少，行将就木的克洛伊，就不会有人随便丧命。
RING
铃铃铃
RING
铃铃
RING
Sebastian Calling
塞巴斯蒂安来电
请讲。
这里是肠癌互助会的安吉拉。

05-09-15 SAT 星期六
21:27:03 27
街头监控录像显示那孩子登上了17路公交车。
谁和他在一起？
这里是转移性黑素瘤的托马斯——那孩子是一个人。
05-09-15 SAT 星期六
他换乘了45路公交车。
22:12:45:03
他有梦游的毛病吗？
他不是被绑架的？
这里是脑寄生虫的德文——面部识别系统显示他在机场。

0021-5656-VT
凌晨 3:32 时在机场。
他在呃——格林威治时间 8 时离开了美国领空。
然后飞机关闭了应答器。
你儿子新结交了什么人吗？陌生人？
我该加多少硝酸钾？
……那磁铁粉呢？
宝贝，你在和谁通话？
没谁。
没谁。

二等兵詹宁斯，以年级前10%的成绩毕业于罗格斯大学。
干得漂亮，詹宁斯！
谢谢您曾用枪指着我脑袋，长官！
你没明白泰勒·德顿把玛拉·辛格带回家的目的。
他把你们当牲口饲养。

为了给自己
造个新载体。
我想说的
是……
不是人类创造了
思想。
恰恰相反……

……是思想造就了我们。

Hello
my name is

PEACE AT ANY PRICE

为了和平不惜一切

第7章

在这儿签字。
你们有叉车吗？
我来叫他。
别！
叫来容易使唤难。
他的名字是罗伯特·保尔森！

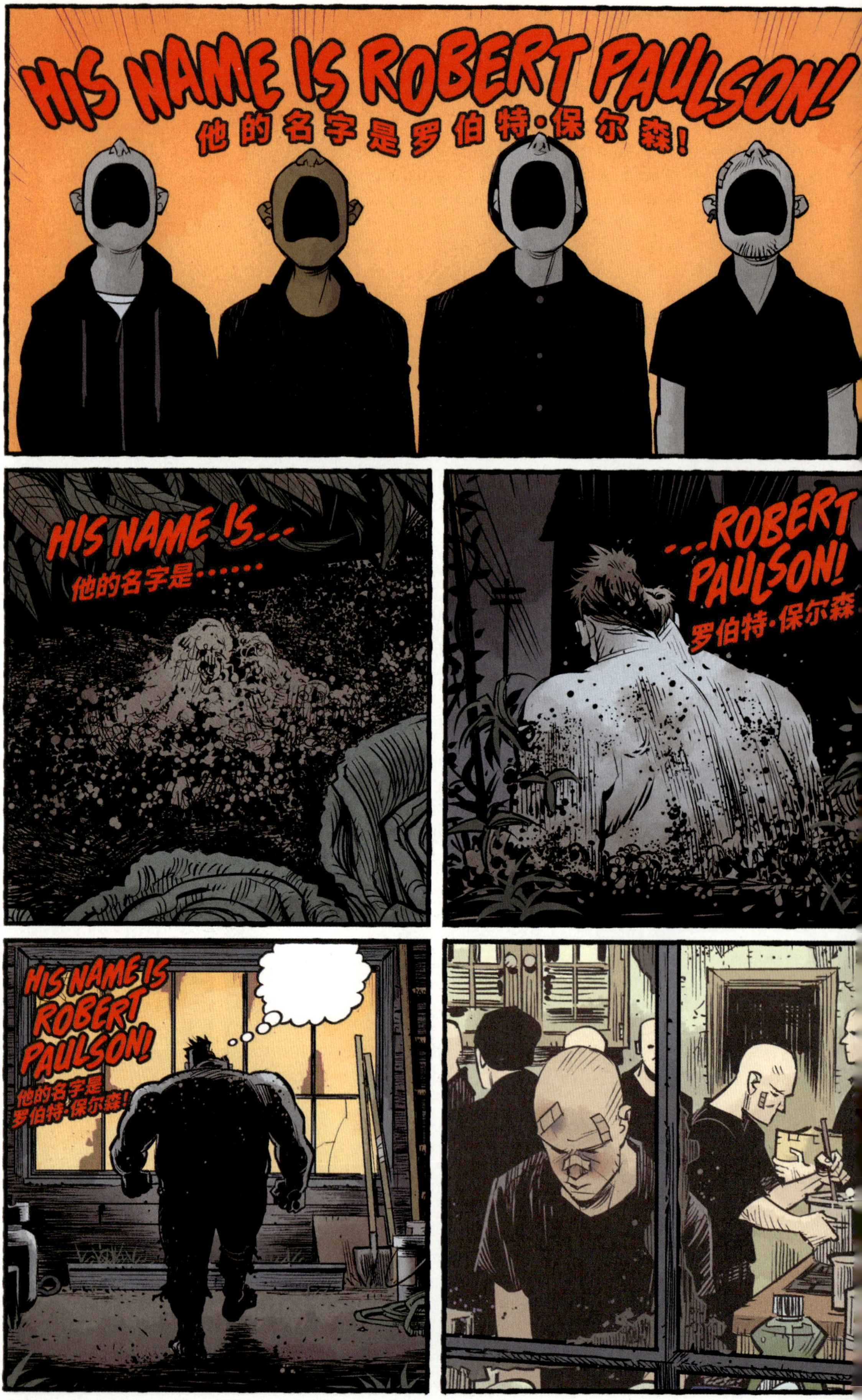
HIS NAME IS ROBERT PAULSON!
他的名字是罗伯特·保尔森!
HIS NAME IS...
他的名字是……
...ROBERT PAULSON!
罗伯特·保尔森
HIS NAME IS ROBERT PAULSON!
他的名字是
罗伯特·保尔森!

BOOM
轰
BOOM
轰
把货卸了。
核弹头
轻拿轻放
UCLEAR
WARHEAD
FRAGILE

KEEP FROM FREEZING 注意防冻
STORE IN COOL DRY PLACE 存放于阴凉干燥处
NOT FOR RETAIL SALE 非零售
放这儿，蠢货！
NOT FOR RETAIL SALE 非零售
BAM 哐
YOUCH! 咔嚓！
免费
FREE

NUCLEAR
WARHEAD
FRAGILE
核弹头
轻拿轻放
免费
FREE
他要去哪儿?
VROOM
嗖

思想是寄生虫。
RING
RING
铃铃
小心点儿，他有武器。
你读过《少年维特的烦恼》没？1774年出版的？
把你的武器从车窗扔出去！
小吧台有把格洛克手枪，坐标30-9-40-5……地毯下藏了把戈博固定柄格斗刀……

小说讲的是一个年轻男人爱上了一个已婚的女人。
The Sorrows of Young Werther
GOETHE
故事当时轰动了整个欧洲，人们把它引发的现象叫作“维特狂热”。狂热者们穿上黄裤子和蓝外套……

crack!砰!
甚至有不少狂热者效仿其自杀行为。
杀了他。
几个世纪后，心理学家依旧将这种大范围的自杀模仿现象称为“维特效应”。
HAROLD MILFORD 1799-1822
REST IN PEACE OUR DARLING SON LLEWELLYN
JEREMY WALLIS Beloved Son
HERE LIES
CHRISTOPHER SMALLWOOD 1845-1864
我想说的是，虚拟人格可以独立于他的受众而永存。

维克特利影院
VICTORY
FIGHT CLUB
BRAD PITT
EDWARD NORTON
搏击俱乐部
布拉德·皮特
爱德华·诺顿
搏击俱乐部的
第一条规定是……
泰勒？你是不是
教唆了我儿子？
什么是
延时引燃？
不要石蜡，
懂了。
要计时多久？

是骚扰电话。
现在泰勒还伤不到咱们。
你听到没？
除非咱们睡着。
还记得你仍向往和平的时候吗？
REST IN PEACE
R.I.P.
这是个梦吗？
没错。
原来我在车里睡着了。
恐怕是。
见鬼。

怎么？你是查理·布朗吗？
（注：《花生漫画》主人公）
我在这儿是因为你需要我。
你还记得那些争吵。
BELOVED MOTHER
亲爱的妈妈
BELOVED FATHER
亲爱的爸爸
HAPPY BIRTHDAY SON
电视里的战争是你每晚的睡前故事。
“战乱的中东和遭受恐怖袭击的北爱尔兰、越南、魁北克、格林纳达、伊朗、伊拉克。阿富汗，巴斯克分裂主义恐怖组织。”
战乱加剧……反抗
“国内恐怖袭击，校园枪击，生化危机。”
“我们越是想逃避一切……”

离婚并未解决任何问题。
BARK BARK BARK BARK BARK 如果你肯多花点时间陪陪他而不是去找婊子他也不会这样！BARK BARK BARK BARK BARK
BARK BARK BARK BARK 他这么混账还不是因为你是个没教养的泼妇！BARK BARK BARK
“我只能被迫充当和平调解员。”
现在我们将给整个世界带来和平。

想象一下！
快醒来！
“我们将治愈所有传染病，解决贫穷和饥荒。”
关键在于达成共识。

今天
星期几？
我不应该喝酒的。
BZZT嗡
BZZT
星期四。
每个月的
那日子？
你想找那孩子的话
为什么不直接
打电话给他？
你难道……
也许，可能吧。
她的孩子
有手机。

奔狼会
欣喜若狂的！
不是他的。
找找泰勒·德顿的
通讯录。
WAP扑
长官，德顿先生
找您。
真的？！我爸
要来这儿？
他为什么要
装成你？
稍等，又有
一通电话。

宝贝？
妈？
宝贝你在哪儿？
我爸要来了。
谴责是什么意思？

共识能把
无耻犯罪变成
正当较量。
“双方共识。”
BEER
ON TA
“非强即亡”的
成员都达成了一种
共识，即每场战斗都
是自愿的，战斗可以
看作得到认可的——
游戏……
“基于这一理念，
战争将成为持续的
体育盛会。”
“成为一场
永不停歇的
世界杯。”

现代战争
不过是
信息战。
人们像冰冷的
机械零件一样
虚度生命，而
我们能帮他们
重获新生。
或死亡。
那些奔波于
磨灭心志的工作的
人们每天都在
死亡。

我们将拯救世界……或被批判为继纳粹之后最泯灭人性的恶势力。
所有那些利用受害者身份卖惨谋权的人……让他们成为我们真正的受害者吧。

安吉拉，通话切回
你的频道了。
我们入侵了
那孩子手机的
GPS。
我们正在调取
卫星监控
画面……

想象你自己经过一扇扇商场窗户跟踪加拿大马鹿……
你将穿着皮衣……

醒来。
我们在哪儿？
在目的地。
目的地在哪儿？
在未来。

IDEAS BREED US
思想驯养我们
第8章

NO SOLICITORS
无律师
THUMP 扑通
THUMP 扑通
THUMP 扑通
THUMP 扑通
“我们看到的是魔杖基金会的表象……”

让我捋捋……
泰勒是种传染性
精神病毒？
这我们
知道。
那你如何
才能除掉他？
WUMP
咚
我办不到。
你试试把圣诞老人从
文化殿堂里抹除。
RING
RING
铃铃
是克洛伊找我。
我要怎么和她说她们
都要完蛋了？
RING
RING
铃铃
我以为咱们
说好了禁用手机。
“我们看到的是
魔杖基金会的
表象……”

Magic Wand
FOUND
克洛伊，又有 6 架 747 已经送往你的定位地点。
RING 铃 RING 铃
BEEP 哔
我们已经降落了一沓飞机。
为了那些病危儿童，共计 7,345 名。
Rivne
UK
L'viv
Chernivtsi
CARPATHIAN MT
Cluj-Napoca
RON
elgrad
那儿什么都没有。
又有五千个孩子要去那个地方。

他们还都要AK-47。
就当是夏令营了。
这可比任何大塞车都要严重，有一半飞机都没降落。
……上过跳伞课吧？

班扎！（刚果）

FWUMP
哗啦
THWAK
梆
追踪豹呼叫
复仇鹰……
收到。
给我 60 秒。

59 SECONDS
59 秒
55 SECOND
55 秒
KNOCK-KNOCK
咚咚
能让朱尼尔出来玩吗？
快滚，老头儿。
你知道现在是什么时间吗？
3 点 45。
9 SECON
9 秒
4 SECOND
4 秒

英勇赴死的
时间到了。
BOOOM
轰
复仇鹰，收到了吗？
回答我，复仇鹰！
哦，提米……
SIGNAL
LOST
无信号

恶龙小队，
收到了吗？
恶龙小队，
开始炼狱行动！
FWOOSH
呼
BZZ
BZZ
嗡嗡
朱尼尔来电
JUNIOR
Calling
小甜心……
你是谁？

我是你最好的
床伴。
朱尼尔来电
JUNIOR
Calling
你——
该死。
朱尼尔做那个炸弹，
是为了从你们强加给他的
祖传破烂原则和毫无意义
的人生中解脱出来。
朱尼尔
才不会
谋杀我们。
用辞退这个词
更合适。
我们
不客气了！
相当不错。
你们已经
触发了
世外桃源
布局。
我们会活到
去收拾你。
朱尼尔会亲自
用他的小手
结果他爸妈。
CALL
ENDED
通话结束
泰勒
说什么了？
咱们准备
降落。

我打盹了？
惊喜吧！是咸的。

你儿子
只是我们的
诱饵。
SQUEEE
MEOW
MEOW
WHINNY
OYNK
我们救了
几千个物种。
MEOW
TWEET
GRRR
NEIGH
嘶
今天，我要
救你。
MOOO
OYNK
MOOOOO
哞
SNORT
哼
GRRR
咯咯
NEIGH
咩
MEOW
喵
SNORT
哼
SNORT
哼
这里是我们培育鼠疫、
西班牙流感、艾滋、非典、
埃博拉病毒的实验室，
可惜那些病毒的全球
死亡率都没能满足
我们的需要。
OYNK
呼
死亡率？
MOOOO
哞
现在我们在相同的
实验室里保存生命。
诺亚的法子压根儿
就不现实。
可是
为什么？
别给我
装清纯。

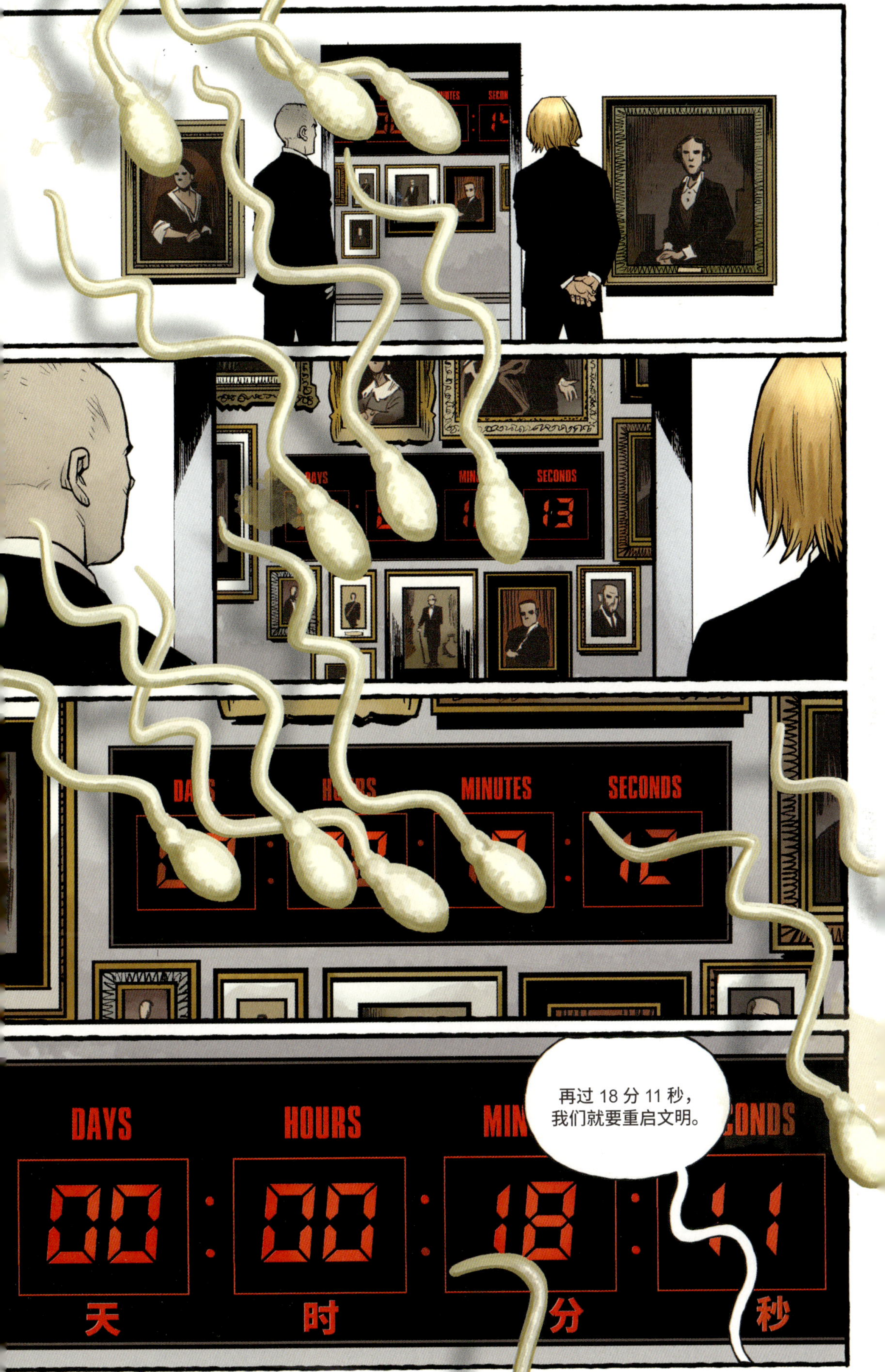
SECONDS
MINUTES
SECONDS
DAYS
HOURS
再过 18 分 11 秒，
我们就要重启文明。
天
时
分
秒

你老爹的婚姻本来很幸福……
……直到我介绍他去了狂欢俱乐部……
……然后他把性病传给了你可爱的母亲。
……你祖父嗑了我给的海洛因后再没回来过。
FIGHT CLUB 2
我教会你曾祖父酗酒。
你曾曾祖父离不了鸦片。
我驯养了他们。
这样你就能完全只属于我。
SNAP 啪

KABLAM 咔啪
BLAM 啪
BLAM 啪
RATTATAT 嗒嗒嗒
POWW 乓
THOOM 咚
BOOM 轰
BLAM 啪
那个人是首席秘书，叫威尔金斯。他向你正式表示欢迎后，工作人员才会听你的话。之后第二执行秘书会帮你拿外套。
POW 乓
啪 BLAM
我要怎么告诉我儿子他妈妈死了？
KCHOW 砰
我作为首席秘书，迎接您归来，德顿先生。
RATATTAT 嗒嗒嗒

KAH-BLOOM
轰隆
孩子在哪儿?
BZZ BZZZ
嗡嗡
BZZZ 嗡嗡
TYLER DURDEN
Calling...
泰勒·德顿
来电
我是泰勒。
你只能糊弄
你自己。
大老爹
离开会儿。
现在呢?
德顿先生?

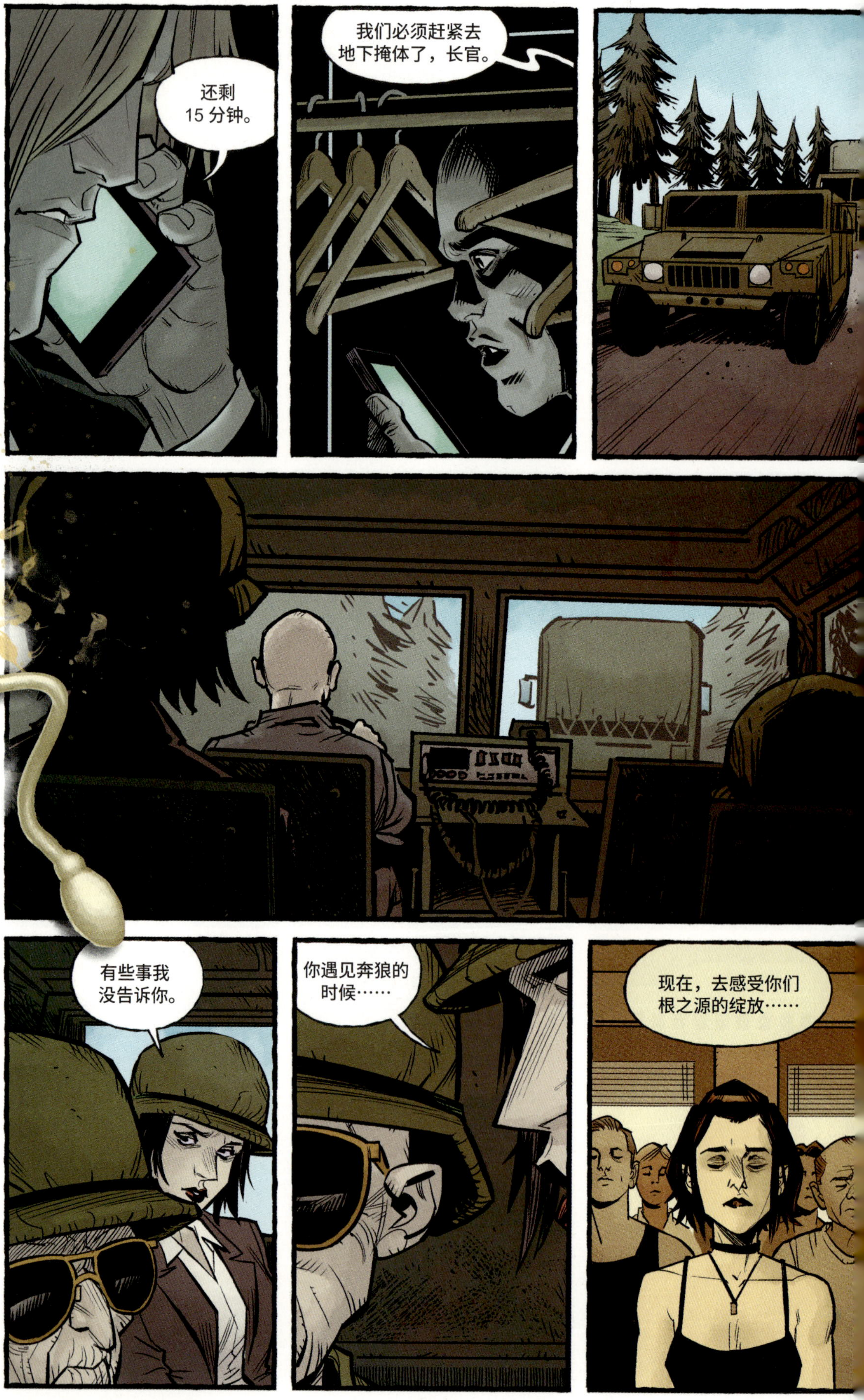
还剩
15 分钟。
我们必须赶紧去
地下掩体了，长官。
有些事我
没告诉你。
你遇见奔狼的
时候……
现在，去感受你们
根之源的绽放……

"我无法回应爱，所以和哈米什过一辈子也不足为奇。"
"玛拉，你是在说奔狼吧？"
（注：哈米什也是塞巴斯蒂安在互助会的曾用名）
"随便吧。"
维持我们关系的与其说是爱，不如说是我们共通的情感障碍。
你在说什么？
我是个糟糕的母亲。
你在豁出性命救他。
为什么？
什么为什么？

克洛伊，为什么是摩加迪沙？
为什么把孩子们送到这些鬼地方？
我使用了“场外求助”。
给那个名字有点儿蠢的作家。
恰克·帕拉尼克（本书作
Chuck
Palahniu
555-653
NO SOLICITORS
RING
RING
铃铃
啊，她们打电话想要剧透！
别接！
RING
RING
铃铃
老天啊各位，你们不能不接！
写点儿丧尸送过去，立马消停……
你就不能善良点儿，直接告诉她们？
RING
RING

!
!
没错，女士们，
这就对了。
这是个
圈套。
SECONDS
00
03

第9章 父子团圆

是时候了，
德顿先生。
请您出来。

欢迎回家，
长官！
PAFF啪

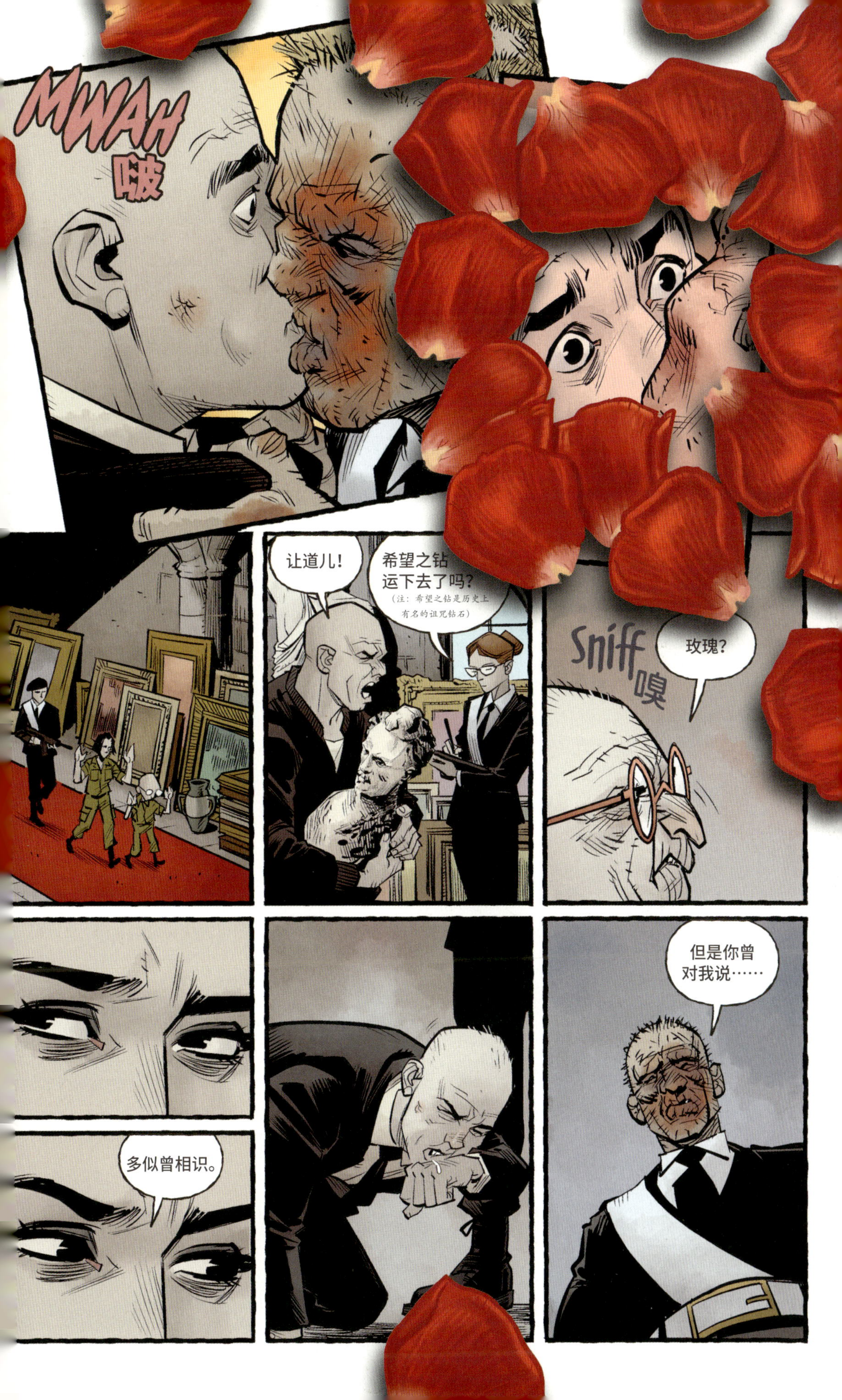
MWAH
啵
让道儿！
希望之钻运下去了吗？
（注：希望之钻是历史上有名的诅咒钻石）
Sniff
嗅
玫瑰？
多似曾相识。
但是你曾对我说……

……你也
说过爱我。
还有
我！
我睡着的时候
是个妓女？
反社会人格
为了得到拥护可以睡
任何女人……
或男人。
打扰了，
德顿先生。
您的碘片，
长官。
碘片？
今天犯下的罪行将让
你我结盟。

那些米开朗基罗的作品怎么样了？
德顿先生！
爸爸！

!
我不是
你爸！
让他们
相信。
你不是我
儿子！
我想要妈妈！
你不可能是
泰勒·德顿，
因为此刻……

……我才是泰勒。
我要你用尽全力打我，爸爸……
不。
每个儿子不是都想和自己老爹来一架吗？
他经常嗑药嗑嗨，但他始终是我爸爸！
呃！
看来还是老样子。

BAM
SLAP

朱尼尔!
奔狼?
你还活着……
梆
WAK
用尽全力……

所以我被自家老婆击昏了？
那婊子的左勾拳真够劲儿。
我也不总是以人形现身。
亲——她。

亲我，我就能知道你是不是泰勒。
没错，你是我老公。
你还活着！
你们开个房吧。
你是我的老公！
爸爸！
够了！

泰勒！为什么要
选中这些废物？
德顿先生，
附身于我吧！
让我做您的
化身！
呃……
？

BLAM
砰
CRASH
哗啦
快！

世外桃源布局是什么？
北欧神话中……
每种文化里都有自己的种族净化传说。
天 DAY
HOURS 时
MINUTES 分
SECONDS 秒
00:00:08:11

“……世界面临毁灭，统治阶级被召去避难，而被抛弃的人们则自相残杀。”
同样，还有《红死病的假面具》。
（注：爱伦·坡创作的短篇小说）
在种族战争亡国灭种之际，连冷血的刽子手亲王也召集他的亲信躲到偏远荒凉的避难城堡。
还有圣经旧约第一卷：创世纪，第六章，第 11 条至 13 条。

爸爸，你的碘片。
赶快！
我会追上你们的。
别太慢！
你忘了，我很久以前就死了。
妈妈，快点儿！
什么——
……欢迎各位来到新世界的黎明时分

……在无比漫长的
时间内，弱者们一直
坐享其成……
……而你们的
劳动成果被拿去
满足只会抱怨的
废物……
这是什么情况？
这些洞穴能承受
炸弹的轰击……
强者生存而弱者死去，
这就是甜蜜的大洗礼！

POP
卜
滋滋
REC
我们已经保存了
所有举世闻名
文化遗产。

全球变暖的问题
将被我们解决……
……我们将创造
一个没有废物的
世界……
这便是你们将
继承的财富。
BOOM
轰
BOOM
轰隆
KA-BLOOM
咔啦

我们的代理正在全球各地引爆核弹……
BOOM
轰
RUMMMMMBBBLLL
唰唰
咯啦
BARK BARK
嗡嗡
我们在沙漏的底部。
KAH-RASH
咔啦
BOOMM
轰
即将被活埋。

你俩小心别被
踩踏。
BOOOM
轰隆
你先上。
KA-BOOM
轰隆隆
唰唰
BOOM
轰
接着。
Calling...
来电...
沙沙

抱歉。
接吧。我去个厕所。
RING RING
铃铃
……你们将只饲养优良的动物……
RING
铃铃 RING
A-BOOM
轰隆
第一次帮他们时，这事儿还挺有趣的。但总这样的话……我不确定。
求你了，求你了，接电话
BOOM
轰隆
嗡嗡 BARK
克洛伊？
BOOM
轰
轰隆

RRMMBBBLLL
唰唰
BOOM
轰
爸爸，我们要死了吗？
你们谁有阿普唑仑？
你要维柯丁吗？
我要用阿普唑仑换安必恩。
嗡 BARK
BARK
嗡 BARK
BOOM
轰隆
我能等会儿再打给你吗？
杀了那狗东西能让你成为更伟大的作家。
他能被载入史册吗？
史册？
KAH-RASH
喀拉

!
KA-BOOM
轰隆隆
轰
BOOOM
现在如何?
我们再也不给你
写书了。
塞巴斯蒂安应该
还能记住几句。
Chloe
End Call
克洛伊
结束通话

你们将只饲养优秀的动物……
我们已经保存……
那就是你的财……
我们的代理正……
你们将只饲养……
……史已亡
……者已逝
……一切，由我们共同……
……必须休整
……必须哀悼
……必须奉献
……有血气的人
RRRMBBLL
唰唰唰
BOOM
轰
你去哪儿?
他就像是向神祈求的珀耳修斯。
我喜欢当神。
你已经被你的妻子，被你的邻居，被老输家，甚至被你的儿子击倒。
这一次，你不能被击倒。
KRASH
哐
诵念剩下的内容。
历史——
BOOM
轰
历史已亡。

历史已亡……
BOUMM
轰
举起手机。
逝者
已逝……
KAH-
咔
BOOM
轰
Polonic
博洛尼克
RMMBL
唰唰
稿子。
CRASH
喀拉
我忘了。
Polonic
泰勒记得。

这一切，由我们
共同完成……
我们必须
休整……
我们必须
哀悼……
REDHORDER INTERNATIONAL
非强即亡国际
我们必须
奉献自己。
“凡有血气的人，
他的尽头已经
来到我面前。”
click
咔
POWER
手机没电了。

THE END AFTER THE END OF THE WORLD

世界末日后的终结

第10章

轰
BOOM
CRASH 咔嚓
FWOOOOSH 哗
WHOOOSH 呼

KBOOM
轰隆

BOOM 轰
好莱坞
咔嚓

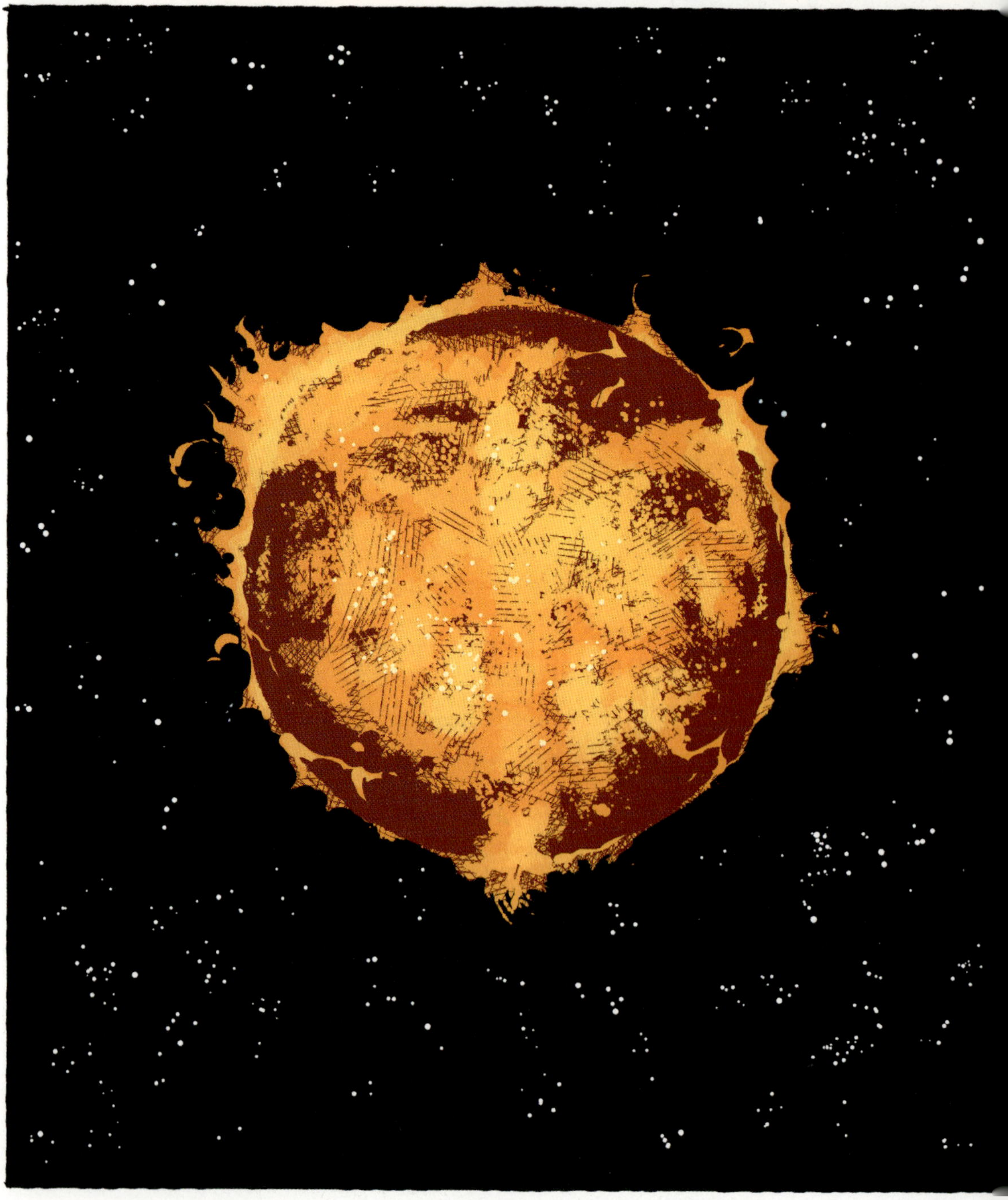

“……从此
永远幸福
快乐！”
怎么了？

他们死了？所有那些魔杖基金会的好心人，生病的孩子们——甚至连克洛伊也死了？
这是什么冷饭热炒的《阿特拉斯耸耸肩》番外吗？（注：安·兰德作品）
而且我们全被烧成了狗屁炭灰？
我们看起来像被烧了吗？
我错过了什么吗？
算你厉害，帕拉尼克……

我猜死掉的是那些坏人，对吗？
就像天主教派屠杀清洁派那样？
你今天还能看到多少清洁派？
好了，嘚瑟先生，可那些爆炸是怎么回事？
恶龙小队——引爆目标！
解决泰勒的唯一办法就是认可并执行他的所有祭祀仪式。
这就有点儿**机械降神**的风险了。（注：机械降神源于希腊古典戏剧，指牵强的解围角色，突然引入来为紧张情节解围。）
我还是不明白。
Chipz

TH CARE
WARHEAD
小心轻放
核弹头
HANDLE WITH CARE
NUCLEAR WARHEAD
小心轻放
核弹头
假核弹……
AMAZZON
NOT FOR
RETAIL SALE
非零售
除掉头领！
“一个神经病能控制世界，看起来是不是有点儿过于草率？”
那些考验都是诱饵。
她是指像蟑螂屋那样的捕虫器。
支持种族屠杀的新法西斯主义者会入住，但他们可不退房。
我耍了泰勒那个骗子。

你在嫉妒，大家太喜爱泰勒了。
准备接受读者的抗议吧。
DING-DONG
叮咚
BARK BARK BARK
汪汪汪
更别提在你写了这些后……
“你还杀了那只狗。”
恰克，你过早交待了故事高潮。
停。
你这就放弃了。
印刷吧！
闭嘴听我说！
结束！
BARK BARK BARK
汪汪汪
算你聪明。

BARK
BARK
汪汪汪
大家
怎么说?
结束吧。
太可悲了。
莉迪亚
说得对。
我很可悲?
不。这还
不是结局。
BARK
BARK
BARK
汪汪汪
BARK
BARK
汪汪汪
BARK
汪汪汪
BARK
BARK
BARK
汪汪汪
BARK
BARK
汪汪
嘿。
嘿。

Deliver me from clever art
May I never be perfect and complete
The things you own end up owning you
I FUCK who you want to FUCK
cough 咳
如果你们想找尼尔·盖曼，我可以给你们画个地图。
我们在找你。
这事儿在论坛上讨论就行了——
这个结局烂透了。
生活也是。
所以我们才喜欢泰勒。
他是个反社会杀人狂……
他倡导无政府主义，对于反社会人格来说，简直是一流的乐观主义者。
在书里，结局不太一样。

你压根儿没得大肠癌！
你不也一样没得大肠癌！
他甚至都不是纳瓦霍人！
当他们在楼顶上时……
塞巴斯蒂安欺骗他的同伴们从而获得关爱，这样他便不用回报他们的爱。
事实上，他压根儿瞧不起给予他关爱的同胞，因为只有傻子才会愿意爱他这样的无耻之徒……
等下——你说有本书？
当然，你们这群白痴！
受害者原谅他们的加害者，那才是救赎。

接下来
会怎样，
长官？
FUCK who you want to FUCK
开个好头，咱们可以
先原谅策划了如此
惊天烂结局的恰克。
之后，让我们
一起创造个
理想结局。
我投
这个……
……然后
就可以……
谁赢了
摩擦生香大赛？
同意。

（注：卡梅隆·斯图尔特是本书画师）

我们到了吗？
我拒绝给读者提供虚假的振奋体验，来安抚他们或稳固社会经济状况。
别把自己当贝尔托·布莱希特，还轮不到你。
（注：贝尔托·布莱希特是德国著名戏剧家）
停。

唔！
吭哧！
他的名字是罗伯特·保尔森。
他的名字是罗伯特·保尔森。
他的名字是罗伯特·保尔森。
!
CRACK 咔
CRUNCH 吭
SNAP 咔
POP 嚓
GRIND 嘎吱

汪汪汪
BARK
BARK
汪汪
BARK
汪汪
BARK
泰勒抛弃了我们。
我试着勾引他回来。

我欣赏你的姿势，但是——抱歉，我还是我。
我喜欢我的种族灭绝结局。
其他人看不到我。
FUCK who you want to FUCK
我能。
别打扰他们。
太狡猾了。上个结局被你安排在世界最高的楼顶，这次在地底下？
她真是一针见血。
给我和莉迪亚写场激情戏。
我的角色在调戏我朋友？
你会害咱俩被起诉。

你不想来商量一下吗？
我知道结局！
“……所有人会再次漂泊无依……”
“其中一些会迷失。”

WE H8 TYLER
我们恨泰勒
结婚纪念日快乐。
大家？
这个程序显示全世界的人类还在被烈火灼烧。
我提议去救他们！
我们去宽恕他们！
听起来不错。
HIP-HIP

达·芬奇曾经告诉我——
列奥纳多·达·芬奇？
他说，“艺术从来不会完成，只会被遗弃。”
你把这个叫作艺术？
为什么我们的大团圆结局不能包括恰克？
这就是恰克的大团圆结局。
我们将自身融入故事——也将故事融入自身。
好吧，现在你是在自我孤立同时胡言乱语。
改变你的角色远远不够。
一个好故事不仅能影响作者，也应该能影响读者。

现在你只是胡扯鸡汤，还希望人们会把它文在身上！
我还能说更多。抛弃你的顿悟……丢掉你的政治意识形态，它们不属于你。你属于它们。
你有完没完？
思想是真实的，我们不是。
再见，泰勒！
再见！
一会儿见。

这样就是大团圆结局了。
接下来会怎样，长官？
Health Center
妇女保健中心
女人绝不能太富有，太瘦，或靠桌角太近
A woman can never be TOO RICH, TOO THIN, or TOO CLOSE TO THE EDGE of THE TABLE
不是我老公的孩子。
爸爸！

你忘了一句重要的台词。
什么台词？
电影里剪掉的那句。
有朝一日，我想为你堕胎。
加些这类剧情，我们编剧喜欢赚点儿“打点费”。
你写好诊所那部分了？
还没。

BLAM
砰
砰
他所有的二手剧情设置、地摊打点费和廉价的宜家情节转折……
我要做爸爸了！
DADDY!
全剧终

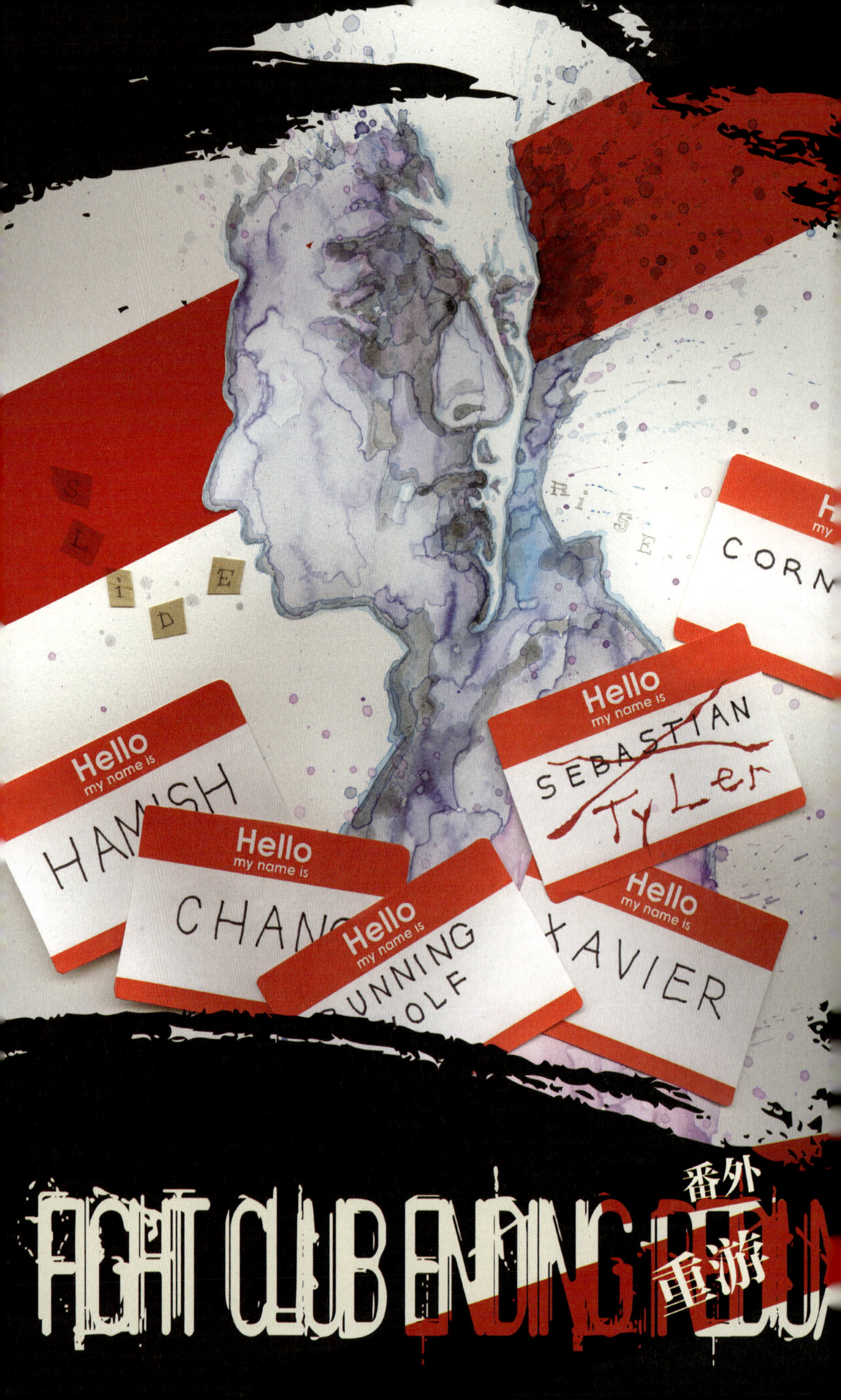

S L i D E
Ri S E
Hello my name is CORN
Hello my name is HAMISH
Hello my name is CHAN
Hello my name is UNNING OLF
Hello my name is SEBASTIAN Tyler
Hello my name is AVIER
番外
FIGHT CLUB ENDING
重游

抬头看看，你
已经不在了。
这里曾铺着
枫木地板。
现在这里满是高
氯酸钾的痕迹。
在这栋住满了寡妇
和职业青年的小型
公寓楼里。
UTION – DO NOT CRO
注意——立入禁止
我曾是个好人。
迈过去。
跳过去。
Marla
Calling
玛拉来电
不是癌症。

我乳房的
那些症状。
我需要
见你。
我被跟踪了。
这周四。
滑呀……

FIRST PRESBYTERIAN CHURCH
SUNDAY WORSHIP 10:30 AM
LET THE LOVE OF GOD ENTER YOUR HEART
第一长老教会教堂
星期日礼拜
让上帝之爱入你心灵
想象你的大肠癌是一团明亮、治愈的光芒……
今晚，选一个对你来说很特别的人。
HSSS
滋

别告诉我你又发现了新肿块。
更糟。
比癌症还糟？
对你来说是的。
对科尼利尔斯或塞巴斯蒂安或泰勒或随便哪个你来说都如此……
癌症不是唯一会影响乳房的情况。
不是我的。
别又来“我的另一个人格搞大了你的肚子”那套。
你是个反社会骗子！你压根儿没得大肠癌！
你不也一样没得大肠癌吗！

所以你们都在
病情缓解期?
他从没得过癌症,
他来这儿只是为了
骗取关爱!
嗯,她来这儿是因为
得了癌症的你们,能让她
觉得自己差劲、荒废的
人生并没那么糟!
他已经骗了
你们很多年!
HELLO
my name is
Hamish
你好我是
哈米什
HELLO
my name is
LA TROYZ
你好我是
拉·特洛伊泽
HELLO
my name is
XAVIER
你好我是
泽维尔
HELLO
my name is
CHANG
你好我是
张
你好我是
奔狼
HELLO
my name is
Running Wolf
没错,我是纯种
纳瓦霍人。
他没病危!
他甚至都不是
纳瓦霍人!

抱歉，但我必须得问你——
不要抱歉。
你有权这么做！
如果这能让你们得到些安慰。你们都会活得比我久！
MASSAGE
BAR
BAR
BEER
COCKTAIL

BAM BAM BAM
我们关门了！
咚咚
搏击俱乐部电话号码458，营业至清晨5点，密码是“蓝色矢车菊”。
我知道，因为泰勒知道。
德顿先生，长官！
给我名单！
EXIT
我打算搞点儿特殊。
今晚我要进行所有对战。
Andrew

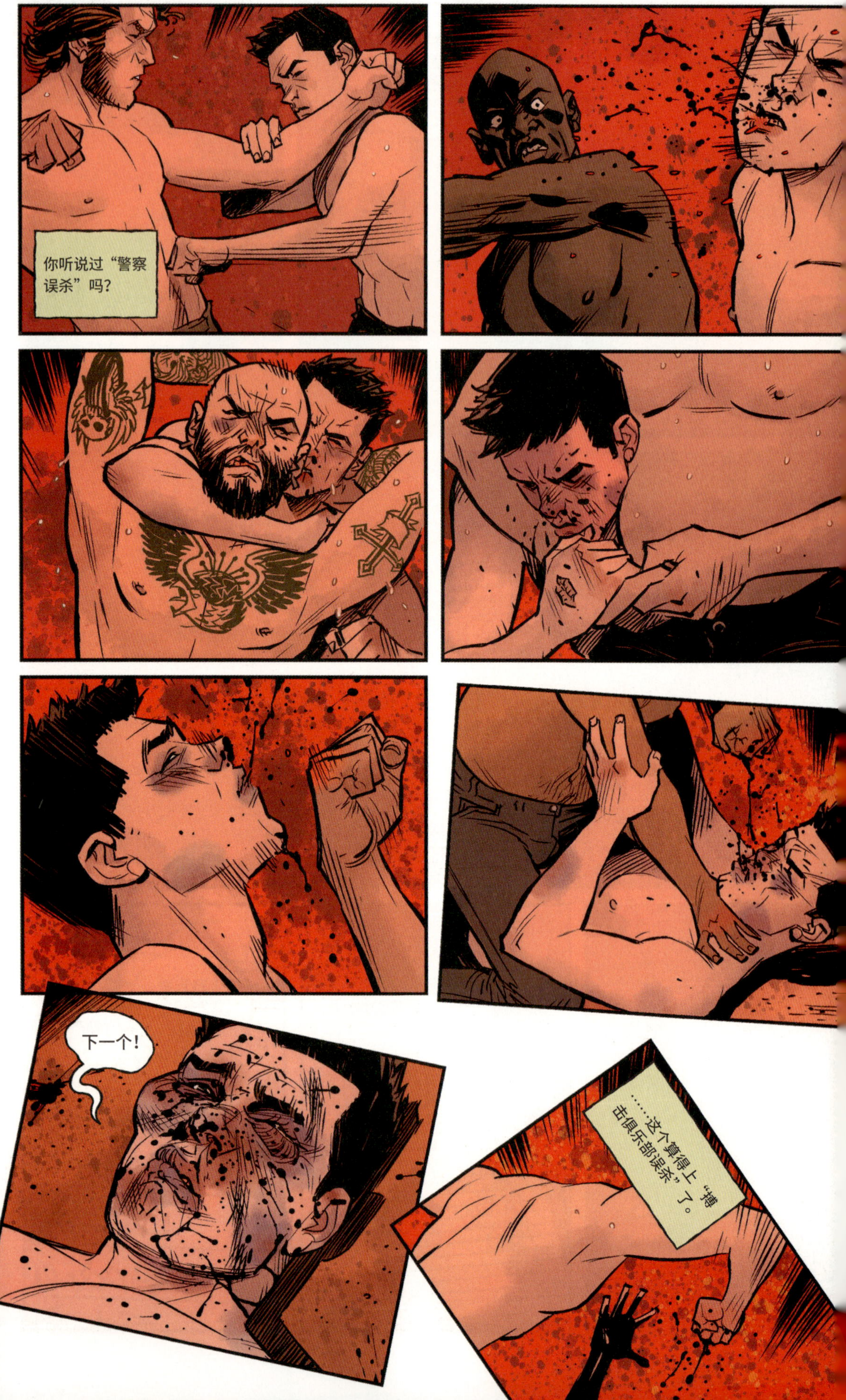
你听说过“警察误杀”吗？
下一个！
……这个算得上“搏击俱乐部误杀”了。

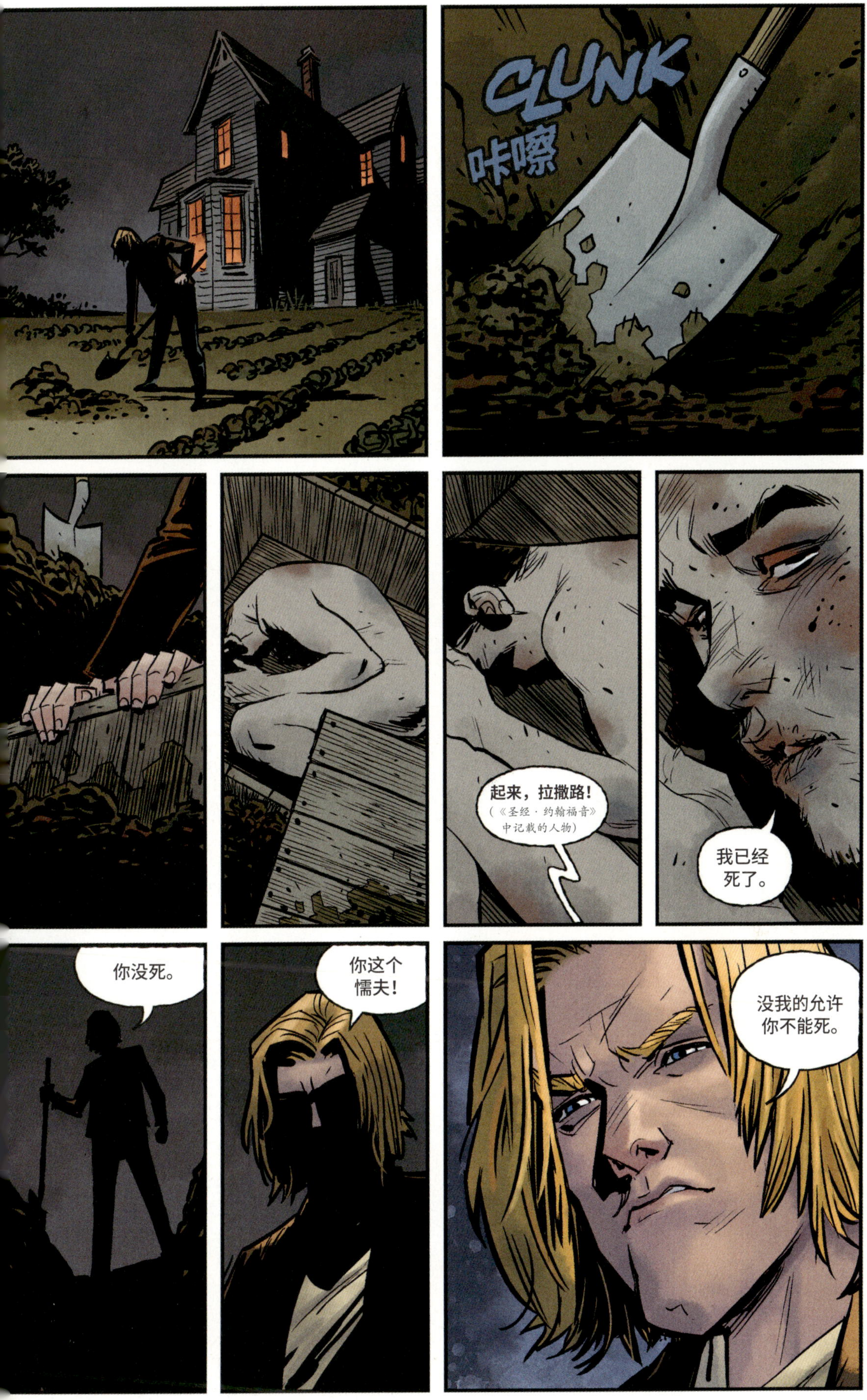
CLUNK
咔嚓
起来，拉撒路！
（《圣经·约翰福音》中记载的人物）
我已经死了。
你没死。
你这个懦夫！
没我的允许你不能死。

我说
“起来”！
你必须
死得壮烈！
别揪
耳朵！
METRO
城市
出租车
帕克·莫里斯
大楼。
（迪拜塔）

你要死得
像个英雄。
等等！
别过来！
死亡倒计时
10……9……
一切都会
没事的！
8……7……
大楼就要
爆炸了！
6……
5……
这栋旧楼就要
爆炸了！
别担心。
一切都会没事的。

我来是因为
我爱你！
2……
1……
站开！
然后我扣动了
扳机。
BLAM
砰
KRAK
滋滋
他应该没事。
如果这次他能
按时服药。
送回
病房吗？
他以为业余人士能登顶
世界最高摩天楼！
真是典型的疯子！
别担心，
德顿先生。
我们期待
您回来……
剧终

恰克·帕拉尼克，作家

恰克·帕拉尼克，知名作家，著有《搏击俱乐部》《隐形怪物》《肠子》《幸存者》等十余部小说，其作品频频登上畅销书排行榜，以恶毒的幽默感、天马行空的想象力与荒诞的情节，锋锐的思想著称，在全球各地均拥有大批忠实的粉丝。

卡梅隆·斯图尔特，画师

卡梅隆·斯图尔特是一位屡获殊荣的漫画家，绘有《B.P.R.D.》《猫女》《蝙蝠女》《蝙蝠侠和罗宾》等诸多传播度甚广的作品。卡梅隆多次斩获漫画届的奥斯卡——艾斯纳奖桂冠，其画风恣意昂扬，构图独具匠心，深受大众喜爱。

大卫·麦克，插画师

大卫·麦克是《纽约时报》畅销书“歌舞伎系列”的作者，漫威旗下的《超胆侠》漫画也是其作品，作为一名涉猎广泛的艺术家，大卫曾多次获得艾斯纳奖、国际飞鹰奖等诸多奖项提名。

戴夫·斯图尔特，上色

和所有典型的艺术家一样，戴夫·斯图尔特生性不羁，热爱自由。他曾追随自然的风光周游各地，踏入各种有趣的行业。机缘巧合之下，对色彩的天生敏感让他接受了漫画上色的工作，并获得了行业奖项。他的用色大胆鲜明，让人印象深刻，获得了业界人士的一致好评。

内特·皮克斯，LOGO 设计

内特·皮克斯是一位设计师，他创立了布兰伯特漫画字体公司，设计了大量业界最流行的字体，并用这些字体为几乎所有主要漫画出版商的作品进行文字处理。皮克斯的设计也经常可以在产品包装、电视和电影中看到。

照片由艾伦·阿马托拍摄

更多黑马佳作，敬请期待！

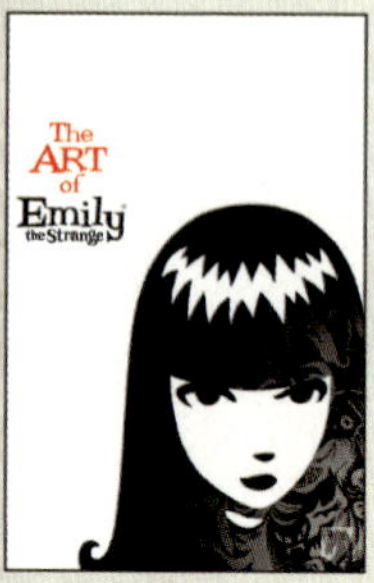

THE ART OF EMILY THE STRANGE
《朋克公主艾米丽艺术集》

POLAR
《极线杀手》系列

SHANGHAI DAIRY
《上海日记》

STARCRAFT
《星际争霸》

BLACK HAMMER
《黑锤》系列

THE WORLD OF TOM CLANCY'S
THE DIVISION
《全境封锁》

B.P.R.D
《超自然现象研究与防御局》系列

GOD OF WAR
《战神》

THE WITCHER
《巫师》系列

SIN CITY
《罪恶之城》系列

300
《斯巴达300勇士》

THE UMBRELLA ACADEMY
《伞学院》系列

DARK HORSE COMICS
黑马漫画

黑马漫画是美国独立漫画出版商，业务涵盖漫画出版、影业、IP授权及衍生品销售，与漫威、DC齐名为美国三大漫画公司，旗下拥有地狱男爵、罪恶之城、斯巴达三百勇士、搏击俱乐部、伞学院等诸多知名IP。2018年黑马漫画进驻中国，将旗下特色鲜明的悬疑、惊悚、科幻、动作等各类作品带给中国漫迷！

图书在版编目（CIP）数据

搏击俱乐部.2/(美）恰克·帕拉尼克著;(美)卡梅隆·斯图尔特绘；千之贺译.-- 北京：新星出版社，2019.7

ISBN 978-7-5133-3548-5

Ⅰ.①搏… Ⅱ.①恰… ②卡… ③千… Ⅲ.①长篇小说－美国－现代 Ⅳ.①I712.45

中国版本图书馆 CIP 数据核字 (2019) 第 066574 号

搏击俱乐部.2

[美] 恰克·帕拉尼克 著 [美] 卡梅隆·斯图尔特 绘 千之贺 译

责任编辑：汪 欣
责任印制：李珊珊

出版发行：新星出版社
出 版 人：马汝军
社　　址：北京市西城区车公庄大街丙3号楼　100044
网　　址：www.newstarpress.com
电　　话：010-88310888
传　　真：010-65270449
法律顾问：北京市岳成律师事务所

读者服务：010-88310811　service@newstarpress.com
邮购地址：北京市西城区车公庄大街丙 3 号楼　100044

印　　刷：北京盛通印刷股份有限公司
开　　本：787mm×1092mm　1/16
印　　张：17.5
字　　数：56千字
版　　次：2019年7月第一版　2019年7月第一次印刷
书　　号：ISBN 978-7-5133-3548-5
定　　价：98.00元